白塔唱酬集 續

白塔唱酬集 續

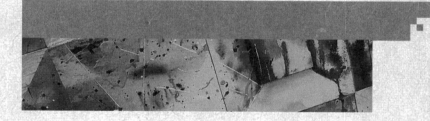

白塔詩社

푸른사상
PRUNSASANG

序文

　　白塔詩社의 전신인 杏詩壇은 1985년 3월에 발족되었고, 그 13년 뒤인 1998년 4월에 그동안 86회에 걸친 詩會를 통해 생산된 작품을 엮어 『杏詩壇唱酬集』이란 詩集을 발간하였다. 碧史先生은 그 序文 첫머리에서 "요즘 세상에는 두 종류의 詩가 있다." 하면서 다음과 같이 말한 바가 있다. "하나는 제대로 자격을 갖춘 詩人이 전문적으로 짓는 것이요, 하나는 학자와 지식인들이 생활을 하면서 취미로 짓는 것이다(一則本格詩人專門之作也 一則學者知識人 生活趣味之作也)."

　　그러면서 先生은 後者의 경우로 "원래 시 짓는 일을 본업으로 삼지 않고 다만 평소 교양으로 친척과 친구 간에 헤어지고 만나는 자리가 있으면 서로 정감을 풀어내어 주고받는다(旣不以詩爲本業 只以平素敎養 在親戚友朋 離合之席 相與贈答以敍情)."라고 하여 그 사례를 들었다. 그리고 부연하기를 "되돌아보니 나 또한 연구와 저술 혹은 업무 처결의 여가에서 한두 句를 읊어냄으로써 피로와 권태를 잊었을 뿐이다. 때문에 그 형식은 唐 · 宋 · 明 · 淸 시대 사람들의 韻律과 聲調를 좇아 이용했는데 그 해묵은 방

식을 싫어하지 않았다. 이는 동아시아 여러 나라에서도 모두 그러하였다(眷余且於研鑽著述 或業務處決之餘 詠出一二句 而忘疲倦而已 故其形式 遵用唐宋明清人律調 而不嫌其舊陳也 此在東亞諸國 皆然矣)."라고 하면서 자신의 체험담을 밝혔다.

아마도 杏詩壇 결성의 동기는 先生의 이러한 漢詩 짓기의 高尙한 취미와 持論에 기인하는 바가 클 것이다. 당시 同人의 座目을 보면 전적으로 杏壇으로 상징되는 成均館大學校의 교수들로 구성되어 있고, 그중에 많은 분들이 先生의 函席에서 직·간접적으로 학문적인 影響을 입고 있는 처지에 있었다. 따라서 漢文을 비롯한 唐詩와 宋詞 등의 연구에도 평소 일가견을 가진 전문가들이라, 학자와 지식인으로서 생활의 여가에 詩를 직접 지어보는 趣味를 갖는다는 것은 매우 자연스럽고 보람된 일이라 여겼을 것이다.

때문에 충분히 공감이 가고 타당성이 있는 주장으로 받아들여져 先生을 座長으로 모시고 순조로운 출발을 한 것이라 믿는다. 처음에는 每月 또는 隔月로 시 모임을 열어 정해진 韻字로 각기 내용이 다른 詩를 짓되 工拙을 논하지 않고 오직 唱和를 樂으로 삼아 마침내 10여 년의 年輪을 쌓았다. 이에 杏詩壇의 동인들은 그동안 習作한 취미 활동의 결실을 거두어 詩集을 發刊하게 되었고, 그것을 起點으로 삼아 그 效用을 넓히고자 주변에서 뜻을 같이하는 몇 분을 새로 회원으로 맞아들이기도 했다.

그것이 1998년 10월이었고 成均館 杏壇의 울타리를 벗어나 同化의 樂을 밖으로 더 넓혀야 한다는 趣旨에서 모임의 명칭을 白塔詩社로 바꾼 것이다. 이 과정에서 새롭게 합류한 회원은 순전

히 敎養人으로서의 知性과 漢詩를 향한 애정을 同好의 잣대로 삼았고, 專攻과 年齡은 크게 상관하지 않았다. 筆者 또한 그 문호 개방의 혜택을 입고 선배 회원들의 권유로 입회를 하게 되었는데, 그로부터 20년 동안 漢詩를 짓는 妙味와 自樂 속에서 색다른 老年을 보낼 수가 있었다.

그러나 詩를 짓는 취미를 몸에 배도록 하기까지는 필자의 경우, 당시에 이미 古稀를 넘긴 老物로서 뒤쫓아가기 힘든 試鍊도 감당해야 했다. 일찌감치 놓아버린 經典도 다시 찾아 들어야 했고 특히 唐·宋 古典詩의 섭렵은 필수적인 것이었다. 漢詩는 抒情과 韻律의 驅使가 기본이 되어야 한다는 점에서 처음에는 詩語 선택과 平仄의 판별이 쉽지 않았으나 碧史先生의 該博한 指南과 添削으로 인해 점차 詩格을 갖추어나갈 수가 있었다.

處地와 與件은 각자가 달랐지만 이러한 刻苦의 열매를 모아 마침내 2008년에는 白塔詩社로서 새로 출범한 지 10년 만에 또 하나의 碩果를 거두기에 이르렀다. 모두 56회에 걸쳐 얻어진 약 800수의 珠玉을 엮은 『白塔唱酬集』 제1집의 上梓는 『杏詩壇唱酬集』의 전례에 따라, 우리 詩社의 원로인 서예가 一灘 河漢植 선생이 직접 毛筆로 써서 이채로운 詞華集의 면모를 과시하였다. 이때 止山 宋載邵 교수는 그 序文에서 淸나라 문인 吳喬의 말을 빌려 散文을 밥(飯)으로, 詩를 술(酒)에 견주면서, "때로는 醉鄕의 경지가 더 절실한 것이 인간의 삶이라, 이것이 우리가 詩를 읽고 詩를 짓는 所以"임을 강조하여 시원하게 詩의 屬性을 풀어낸 것은 참으로 인상적이라 할 만하다.

2010년이 저물어갈 무렵에는 우리 詩會에도 필연적인 변화의

바람이 일었다. 늘 長老의 자리를 지키며 후진들의 버팀목이 되어주시던 遲堂 朴峻緖 선생이 그 몇 년 전에 逝世한 데 이어 古邨 李雲九 교수가 홀연 별세하였고, 이해 10월에는 一灘선생마저 우리 곁을 떠나셨다. 또한 기존의 同人 가운데서도 부득이한 사정으로 활동을 함께 하지 못한 몇 분의 빈자리가 못내 아쉽던 차에, 年富力强한 참신한 同志 몇 분을 새롭게 영입함으로써 우리 詩社는 다시 활기를 되찾게 된 것이다.

이에 곧 碧史先生은 그 座目을 정비한 후 좌장으로서 執牛耳를 한다는 심정으로, 朴西湖 昇熙 교수를 재차 幹事로 지명하는 한편 詩社의 새로운 변모를 촉구하였다. 碧史先生의 左右에 지금까지 蒼史 李春熙·石農 李雲成·竹夫 李簨衡·石如 成大慶·對山 李東歡·止山 宋載邵·絅人 林熒澤·陽原 金時鄴·一誠 李特求·厚農 金正鐸·西湖 朴昇熙·海巖 金東煜·汝登 金龍泰·厚卿 李相敦 등 모두 14인의 찬란한 芳名이 새겨져서 함부로 지울 수 없는 존재가 된 것이 그 때문이라 할 수가 있다.

不惑의 壯年에서부터 九旬의 隆老에 이르기까지 隔月에 한 번씩 忘年의 아름다운 자리를 거르지 않았고, 그때마다 碧史先生의 자상한 가르침과 함께 각기 색다른 寶玉을 꿰려 한 攻苦의 모습이 宛然히 떠오른다. 하지만 또 다른 하나의 瓊樹를 소중히 심어 가꾸려 할 즈음에 우리 詩社로서는 중대한 局面을 피할 수 없게 되었다. 2016년 말엽에 우리 모임의 큰 기둥이었던 石如仁兄의 他界로 傷心이 컸던 碧史先生께서, 드디어 老患을 견디지 못하고 끝내 우리를 버리신 채 捐館을 하시었다.

2017년 5월 15일에 밀양 甘勿里 先塋 아래에 모신 幽堂에서,

우리 同人들이 永訣의 臨哭을 하고 돌아온 어느 날 虛妄한 심정으로 先生을 懷想하는 자리를 가진 바가 있었다. 각자가 눈물을 감춘 채 이미 仙化하여 돌아가신 先生을 追慕하며 다 같이 言志를 모아 이『白塔唱酬集』의 續刊을 詢議했다. 제1집의 발간 이후 2008년 8월의 제57회 詩會부터 2017년 9월의 제109회까지 53회분의 작품을 우선 엮어 제2집을 간행하기로 한 것이다. 후일 선생의 靈前에 이 詩集을 獻呈하게 된다면 필경 선생께서는 낯익은 '雅藻之馨'이라 쓰다듬으면서도, 다만 杏詩壇을 이은 30년의 光陰이 아로새겨진 白塔詩社의 앞날을 걱정하시리라 여겨진다. 우리 同人들도 그 걱정과 苦悶을 함께 안아야 할 것이 아닌가 싶기도 하다.

2017年 늦은 가을에

李雲成 謹識

座目

故 河漢植(1920~2010) 一灘 書藝家

故 李佑成(1925~2017) 碧史 成均館大敎授

李春熙(1928) 蒼史 成均館大名譽敎授

李雲成(1929) 石農 株·宇成아이엔씨會長

李簴衡(1931) 竹夫 成均館大名譽敎授

故 成大慶(1932~2016) 石如 成均館大敎授

李東歡(1939) 對山 高麗大名譽敎授

宋載卲(1943) 止山 成均館大名譽敎授

林熒澤(1943) 絅人 成均館大名譽敎授

金時鄴(1943) 陽原 成均館大名譽敎授

李特求(1944) 一誠 서울市立大名譽敎授

金正鐸(1954) 厚農 成均館大敎授

朴昇熙(1955) 西湖 成均館大敎授

金東煜(1959) 海巖 成均館大敎授

金龍泰(1971) 汝登 成均館大敎授

李相敦(1971) 厚卿 哲學博士

目次

白塔詩社 第六十回韻

白塔詩社 第六十一回韻

白塔詩社 第六十二回韻

白塔詩社 第六十三回韻

白塔詩社 第六十四回韻

白塔詩社 第六十五回韻

白塔詩社 第六十六回韻

白塔詩社 第六十七回韻

白塔詩社 第六十八回韻

白塔詩社 第六十九回韻

白塔詩社 第七十回韻

白塔詩社 第七十一回韻

白塔詩社 第七十二回韻

白塔詩社 第七十三回韻

白塔詩社 第七十四回韻

白塔詩社 第七十五回韻

白塔詩社 第七十六回韻

白塔詩社 第七十七回韻

白塔詩社 第七十八回韻

白塔詩社 第七十九回韻

白塔詩社 第八十回韻

白塔詩社 第八十一回韻

白塔詩社 第八十三回韻

白塔詩社 第八十四回韻

白塔詩社 第八十五回韻

白塔詩社 第八十六回韻

白塔詩社 第八十七回韻

白塔詩社 第八十八回韻

白塔詩社 第八十九回韻

白塔詩社 第九十回韻

白塔詩社 第九十一回韻

白塔詩社　第九十二回韻

白塔詩社 第九十三回韻

白塔詩社 第九十四回韻

白塔詩社　第九十五回韻

白塔詩社 第九十八回韻

白塔詩社　第九十九回韻

白塔詩社　第百回韻

白塔詩社　第百一回韻

白塔詩社 第百二回韻

白塔詩社　第百三回韻

白塔詩社　第百四回韻

白塔詩社 第百五回韻

白塔詩社 第百六回韻

白塔詩社 第百七回韻

白塔詩社 第百八回韻

白塔詩社 第百九回韻

白塔詩社 第五十七回韻

二千八年 八月 十八日 於博石峴飯店

夢遊壽洞

一灘

　華岳之南杜曲川　　清波垂釣便是仙
　翩翩林鳥飛來去　　風月江山古洞天

寄釜山某友

碧史老生

釜山某友 余舊日同僚也 世居影島之瀛仙洞 定年退職後 仍
守古家 其居在場市之側而不求商利 只以教員年金之殘餘 食
貧以渡日 其夫人 亦無怨苦色 澹泊以爲生云 南中人士 道其
事於余 余高其爲人 作詩以頌之

　蕩漾南溟吸百川　　地名何以號瀛仙
　可憐瀟洒墻東隱　　榮辱昇沈不問天

暮歸自嘲

　老後光陰付逝川　　逍遙山澤作閒仙
　歸途半醉車中坐　　不省良宵月滿天

晝夢 遊鄉里 適值窓外大雨如注 驚而起

閒中歸夢到凝川　重訪華山洞裏仙
乍閱黃庭驚却返　香消茶冷雨連天

尼亞加拉나이아가라瀑布 蒼史

萬派奔流成大川　千尋飛瀑擬飛仙
不聞混濁人間事　吹送塵愁遠遠天

夏日山寺消遣 二首 石農

寺卽安城郡瑞雲面所在新羅古刹石南寺也
周邊繞以巖壑淸流 其景色秀麗而靜謐

遠到山門浴澗川　端心合掌謁金仙
淸閑淨域無邪氣　溪谷寒聲饗洞天

溪樓靜坐對山川*　滌盡塵襟我亦仙
深壑涼風微雨過　浮雲七月似秋天

* 法堂前溪邊有金光樓

哭古邨一周忌　　　　　　　　　　　　　　竹夫

　悠悠百里漢陽川　野鶴無心飛若仙
　吾友古邨何處在　遙看嶺外白雲天

旅遊愛蘭國　都栢林더블린　訪愛蘭　作家博
物館　觀覽제임스, Joyce, Bernard Shaw
等　作家之遺品遺稿及著書　　　　　　　石如

　平生力述旧山天　今也文林詞伯仙
　此是抗英爭鬪史　國危揮筆獨當天

避暑

　携杖逍遙九水川　自疑方丈老神仙
　嶗山幽靜明霞洞*　涼氣如秋八月天

　* 嶗山在中國山東省靑島　山中處處有名勝地也
　　其中九水明霞洞二處　最稱絶景

訪仙遊洞憶亡友　　　　　　　　　　　　　對山

　昔年遊賞舊山川　今日來尋故永仙*
　萬木斜陽葱蔚裏　脩然一鶴叫飛天

　* 永仙卽新羅仙人永郎也　亡友亦好遊山水　故及之

廬山瀑布懷李白

止山

香爐峰下挂長川　奇絶雄姿感謫仙
瀑布飛流今尚在　詩人捉月永歸天

春川尋貊國故址

絅人

史傳貊國在春川　君長彭吳疑是仙
通道古碑形迹沒*　逍遙遠客夕陽天

* 東史 檀君命彭吳治國內山川 以奠民居云
梅月堂詩通道自彭吳 本紀通覽牛首州有彭吳碑

望鄉

陽原

故鄉輞川今沈於臨河水庫

清洛川前有輞川　先人遺跡總歸仙
誰知被逐終爲沒*　水國無言照碧天

* 被逐 日帝初期因義兵活動也

訪開城

一誠

善竹名橋跨小川　來臨瀑布似登仙
千年古邑雲煙變　明月如前照半天

朴淵瀑布

飛流直下瀉長川　俗客來尋洞裏仙
落水轟轟山嶽動　朴淵傳說屬何天

大慈洞夏夜

西湖

雨餘皎月照山川　一陣涼風意作仙
情友忽來携白酒　歡聲響徹大慈天

白塔詩社 第五十八回韻

二千八年 十月 卅日 於博石峴飯店

暇日過村家

碧史

坡州廣灘面 十月七日

秋聲已着井梧枝　正值農家多事時
少婦携兒餉南畝　青厖吠客守西籬

憶鄉第　是日爲重陽節

空庭掩映老松枝　千里家山返幾時
黃菊數叢應待我　何由扶策向東籬

午後閒坐　十月十八日(土)

蘭抽新葉竹生枝　手灌盆叢到午時
小市當門喧暫息　隣婆負戴共過籬

過故如初居士別墅

蒼史

老松鬱鬱萬年枝　懸額九龍依舊時[*]
妙筆生花無復見　山禽如哭過疏籬

[*] 如初居士 生前築別墅於雪嶽山寒村 署曰九龍閣

尋鄉里故居

石農

門前槐木葉辭枝　衆鳥歸巢日暮時
千里客遊還未得　蕭條廢屋倚疏籬

宿永思齋曉起

西山殘月挂松枝　蕭瑟金風初曉時
起坐追懷先世事　通宵寒露降垣籬

醉翁亭

陽原

釀泉谿壑霧凝枝　山閣翬飛秋晚時
行客何知太守樂　一杯聊醉竹間籬

秋

一誠

紅黃園果結枝枝　碧落齊飛雁到時
閒屨逍遙楓葉逕　醉巾觀賞菊花籬

思老母

西湖

冷寒風起夕陽枝　山鳥歸來同宿時
遠念鄉家孤老母　夜光忽入菊花籬

白塔詩社 第五十九回韻

二千八年 十二月 廿五日 於朴昇熙家

白塔詩社席上 贈諸公二絶　　　　　　　　碧史老生

　　白塔清遊今幾回　暮年詩力與同衰
　　好哉昌慶宮南巷　更勸諸公佩酒來

　　歲月堂堂去不回　何關人世有興衰
　　新年且復增健康　花外小車閒往來

贈西湖朴昇熙教授

西湖 就碧蹄館近處 築室以居 碧蹄館 往昔韓中使行留宿之
址 文人墨客 亦從而唱酬爲樂者多 一經滄桑 館宇 化爲廢墟
草木冷落 往時風韻 無從尋逐 可恨也 然 西湖新居 與我花
亭 一牛鳴地 可以朝夕往來也 喜賦一絶 以贈

　　碧蹄風韻不重回　草木如今盡變衰
　　之子多情新築室　花朝月夕訪余來

聞開城觀光中斷

蒼史

遊客金剛竟不回　當時悲報萬人哀
神嵩咫尺嗟中斷　何日山河任往來

歲暮有感

歲月如流更不回　鐘聲日暮作悲哀
風塵漢水頭仍白　送舊迎新自去來

歲暮老懷

石農

蕭條落木夕陰回　歲月無情嘆老衰
往事悠悠都一夢　悲風萬里百愁來

望鄉

歸去鄉山謀幾回　素心未遂已吾衰
餘生只冀丹丘上*　新構茅廬時往來

* 丹丘卽故里丹亭之異稱

歲暮偶吟 竹夫

京邑寓居鄉未回　功名尚遠鬢毛衰
吾人向後歸南國　兒子應疑何處來

歲暮雅會

白塔雅遊今幾回　華筵美酒忘身衰
清緣歲暮飛觴醉　詩興年年添續來

墓祀 石如

晚秋扶杖小途回　蕭瑟霜林楓葉衰
號哭陣需參墓祀　先君終是不還來

望鄉

幼少出鄉終未回　青雲壯志逐年衰
無常七十一場夢　今也渴望歸去來

憶故土諸友 對山

天涯孤客幾時回　故土諸朋貌盡衰
半百年間相不見　渥丹黑髮夢中來

遊秦淮

止山

無數遊船往復回　舊時歡樂未全衰
牧之曾泊吟詩處　商女新聲拂耳來

戊子冬至日

絧人

積陰天地一陽回　木落千山松未衰
世事紛紛昏亂劇　朔風吹盡好春來

開城觀光二題

陽原

遊朴淵

長松流水路盤回　飛瀑千年聲未衰
空谷幽花開復落　騷人傑士去無來

松都有感

南門立哨一望回　善竹橋磐魂不衰
徐步泮宮懷歷史　千年杏樹暮雲來

世界經濟難局

一誠

孟冬天闊雁飛回　松冒雪霜青未衰

萬國金融波動急　誰將一代妙方來

朴西湖敎授新築自宅於碧蹄

好築新居勝地回　明堂定位氣無衰

正如紫府翬飛耀　咸祝平安萬福來

菊秋詩會仰懷竹夫先生

西湖

清韻香杯又一回　如何空席興微衰

懇祈花雪霏霏月　笑滿紅顏携酒來

白塔詩社 第六十回韻

二千九年 二月 廿六日 於高大前半月亭飯店

夜坐 懷西皐精舍　　　　　　　　　　　碧史老生

　還鄉何日復登亭　翠竹紅梅總舊情
　遙想寒宵人不到　循除汩瀧小泉聲

前年 植白松一株於精舍後園 今聞其長
及三四尺 喜賦一絕

　園中一樹立亭亭　細葉經陰更有情
　他日可成天下白　何徒千里作風聲*

*黃山谷贈東坡詩'青松出澗壑十里聞風聲'

懷故友　　　　　　　　　　　　　　　蒼史

　同遊往日上湖亭　獨坐那堪起舊情
　異邦啼鳥雖云樂　不若新春故國聲

過碧溪亭

重訪碧溪亭　庭梅如會情
遊人日暮去　幽谷但禽聲

春雨亭

石農

亭在密陽龍城村舍人堂里古家內　踞今四十年前新築
其時碧史先生命名乃作其記

往年故里新築亭　春雨爲名識衆情
自葉流根花樹茂　無窮餘慶振家聲

懷鄉卽事

鄉山一曲構茅亭　自樂餘生慰我情
千里客遊身已老　閑聽落日暮鐘聲

春雨亭

竹夫

舍人堂里古家亭　春雨霏霏悅我情
階下閑庭花木盛　後園禽語管絃聲

越松亭

越松亭 吾上祖文節公騎牛子先生 諱行 每月夜騎牛遊賞晦跡
之處也 昔日遊此名所 而今日憶其舊遊作之

登臨高閣越松亭　却想先生昔日情
白鳥無心來復往　茫茫滄海只波聲

歸鄉一宿我石亭

石如

還第淹留我石亭　歲寒梅竹考妣情
山村寂寂無來客　遠外惟聞砧杵聲

一代榮枯此古亭　奔馳日月太無情
虛荒放蕩流年事　老客不禁長歎聲

遊醉翁亭

止山

林間隱見醉翁亭　未到堂前先有情
釀酒當年泉尚在　使君何處寂秋聲

立春吟
一誠

雪中松柏正亭亭　玉骨梅枝更有情
借暖衝寒媒不用　春風時做自然聲

訪梅花村所感追志

憶昔光陽上小亭　梅花滿發起詩情
蟾津水畔雙飛鶴*　左右春山遺一聲

* 蟾津 蟾津江邊梅花村下方之津名也 有傳說云 壬亂時倭兵
企圖通過此處 無數群蟾絕叫 而倭兵大驚退去

訪鄉里亭
西湖

榮江日暮立虛亭　一望山川有舊情
朋友離鄉何處在　寒洲簫瑟荻蘆聲

白塔詩社 第六十一回韻

二千九年 四月 卅日 於有情飯店

禪院春日
一灘

院籬方綻海棠花　日暖閑庭樹影斜
古木枝頭林鳥語　攜筇嘯詠忘歸家

還鄉　四月 四日
碧史

江邊楊柳野中花　一路春風鬢髮斜
華岳三峰迎揖我　深村舊屋是吾家

高陽與木曜同人 出郊 向豆腐村

四月 二十三日

春風問柳且尋花*　野路逶迤巷陌斜
豆腐村中甘喫歠　清談又向賣茶家

* 杜甫詩 元戎小隊出郊坰 問柳尋花到野亭

春日即事　　　　　　　　　　　　　蒼史

　十里長堤處處花　臨江垂柳逐風斜
　獨相高樓無限好　遙看煙霧水邊家

木蓮

　春來早發木蓮花　最愛妍姿月下斜
　可惜盛觀三日限　莫教風雨落人家

清明日省墓後眺山下舊居 二首　　　石農

　南州好雨落梨花　寒食東風細柳斜
　十里桑麻遙指處　蕭條茅屋我生家

　四月江村白果花　白雲流水一橋斜*
　故鄉往事今誰問　只瞰傷心舊我家**

　　* 故里丹亭金谷間江上有長橋
　　** 過日舊家賣却于他人遺恨也

訪茶山先生舊居

竹夫

陵內江村三月花　苕川流水日光斜
先生經學沈而遠　'致用'眞詮自一家

春日漫吟

大崎川邊一路花　九龍溪谷夕陽斜
山光水色清和裏　春滿江南十里家

池陽契有感

石如

好學先君養百花　古碑遺蹟晚霞斜
老來多慮池陽契　慙愧何時理舊家

春夜宿舊家

芬芬艶態木蓮花　白雪紛紛落地斜
明白滿庭人寂寂　碧梧一樹守吾家

南冥先生 嘗遊智異山 行到兩端水 作短歌
遂登絶頂 浩吟曰 萬古天王峰 天鳴猶不鳴
余今短歌 用白塔詩社韻 飜成一絶 　　　　綱人

　頭流端水泛桃花　　馬首當前山影斜
　借問武陵何處在　　白雲幽谷兩三家

　　頭流山 兩端水를 네 듣고 이제 보니

　　桃花 뜬 맑은 물에 山影조차 잠겼세라

　　아희야 武陵들이 어딘고? 나는 옌가 하노라.

安東回路過丹陽　　　　　　　　　　　陽原

　竹嶺春光紅百花　　江心山影夕陽斜
　聊尋仙跡三峰問　　處處歌聲出釣家

半月亭雅會　　　　　　　　　　　　　一誠

　雨後東風送落花　　幾知新葉眼前斜
　詩朋一座欣酬唱　　醉興陶陶半月家

春日訪昌德宮

　禁苑春深滿發花　芙蓉亭後老松斜
　半千歲月榮華地　鳥語風聲守廢家

望春齋　　　　　　　　　　　　　　西湖

　窓滿望春花　青青蘭葉斜
　輪啼俱遠隔　疑是古仙家

白塔詩社 第六十二回韻

二千九年 六月 十五日 於博石峴飯店

禪院閑日 一灘

　　花落芳園滿徑香　麥秋時節好風光
　　禪房閑靜稀人跡　忽望南天懷故鄉

閑居憶遠友 碧史

　　斗梅朴智弘 養病于金海梁山等地

　　睡餘高閣味茶香　步歇疏林浴日光
　　暗憶杜蘅芳芷句　故人消息滯江鄉

郊行漫吟

　　巷轍橫馳破草香　江船快走割波光
　　不關世路多荊棘　自有家中杞菊鄉

游千里浦樹木園

六月初旬 實是學舍諸生 導余遊西海岸 一宿而歸

園中千樹吐花香　半畝芙蕖漾水光
策杖逍遙還自訝　塵踪何處入仙鄉

禮山紀行 二題　　　　　　　　　　　　　石農

訪修堂先生古宅及記念館

修翁古宅老松香　三代勳功百世光[*]
賢裔多年謀肯構^{**}翼然華館聳儒鄉

* 修堂李南珪先生及其子孫三代 有國家勳章
** 先生曾孫李文遠教授近年新築記念館

訪秋史記念館及古宅與山所

秋老風標翰墨香　一堂依舊自流光[*]
蒼然古色生家近　幽宅添輝藝術鄉

* 近來記念館新築後 秋史先生遺作展示中

夏日遊楊州郊外 二絕 竹夫

路邊芳草有清香　遠野長天共一光
古邑楊根來到見　尚今依舊水雲鄉

五月薔薇路上香　兩江江色接山光
因風策杖逍遙裏　落照居然掩水鄉

輓盧武鉉大統領 三絕 石如

高唱更張似吐香　爲民竭力有輝光
螢愚統領奇名得　歸去來兮還故鄉

殯廳浮上返魂香　蔽野輓章遮日光
弔客呼天哀痛哭　故人何處望家鄉

冥福祈求一炷香　田氓眞影現圓光
死生榮辱同歸一　薦度安居理想鄉

五月初 過聞慶山野　却憶時事紛紜不已
對山

田間處處野花香　日照千山新綠光

時節景觀如許好　人間那得太平鄉

浦村雜詠 次李白客中作韻
綱人

庭草盆花自發香　窗前疎竹照江光
讀書飲水吾身樂　疑是他鄉卽故鄉

思鄉
一誠

墙角蘭花發暗香　江山草樹好風光
小時立志雲峰出*　鶴首於焉千里鄉

* 雲峯 南原郡 雲峯面 筆者之出生地

時局聲明日 過心山像
西湖

含雨迎風濃草香　松間石徑暗雲光
仰觀微笑俯堅志　心事長如留故鄉

白塔詩社 第六十三回韻

二千九年 八月 十八日 於博石峴飯店

雨晴禪院　　　　　　　　　　　　　　　一灘

雨晴禪院鳥飛回　　拽杖閑吟興不衰
三四隣翁皆舊面　　主僧含笑向人來

夏日晚坐　　　　　　　　　　　　　　　碧史老生

林空山靜鳥飛回　　暑氣如蒸夕未衰
遙見漢江淸似鏡　　同遊仙客幾時來

有懷南樓風景　　密陽嶺南樓

野坼城空一水回　　名樓聲價不曾衰
好詩連壁無人賞　　只任閒鷗自去來

訪止山研究室 歸後 以七言一絶 寄呈

西橋斜日訪君回　沿路風光興不衰
却寫短詩忙寄去　今宵太乙杖藜來*

* 劉向故事

訪絧人研究室歸後 題一絶寄呈

歲月推遷更莫回　摩挲簡帖歎吾衰*
知君學味常清健　幾許遺賢纂述來

* 絧人編余所與書 作一帖 以相示

湖南紀行 二千九年 八月二十五日~二十七日

遊木浦 贈止山一絶

榮山江水迴盤回　儒達巖巖氣未衰
木浦風光如此好　新秋清賞喜同來

蘭影公園 用其歌謠 成一絶

一曲哀歌唱幾回　埠頭淚盡曲隨衰
深宵片月尚依舊　遊子無情不復來

將發木浦 歲華 要觀南農美術館 余回車
至其所

　　爲賞南農駕暫回　　小癡風韻未全衰
　　模松仿菊平生事　　死後猶令觀客來

木浦憶陽原

　　迢迢南路首頻回　　君不相從我益衰
　　落日海山懷抱切*　　一雙飛鷺逐人來
　　　*光州韓睿源教授夫婦 來迎我一行於木浦 供夕餐 頗慰余懷

羅州碧梧軒

　　鳳鳥高飛不復回　　堂楹牢落碧梧衰
　　名賢尚有遺風在*　　長使遊人指點來
　　　* 金鶴峰先生曾爲羅牧 今其內衙有一室曰金誠一房 要來客止
　　　宿 又其城門樓上有鼓角等施設 市民相傳爲鶴峰遺制

宿全州

　　名花佳樹路縈回　　仙李王朝運已衰
　　萬點紅燈街市盛　　慶基遺殿少人來

夏日即事　　　　　　　　　　蒼史

　漢水滔滔流不回　庭松共我逐年衰
　殘蟬木末啼聲遠　知是居然秋序來

古邨二週忌 二千九年 六月

　一別詩朋更不回　清遊白塔意全衰
　前宵夢裏相歡握　此座凄然待子來

初度有感　　　　　　　　　　石農

　己丑清和初度回*　吾年望九老而衰
　兒孫獻壽無疆祝　未久終生萬感來
　*清和即陰曆四月異稱

立秋

　無違節序立秋回　朝夕微凉暑氣衰
　雨後蟬聲穿樹遠　老炎銷散晚風來

憶泮橋學府舊遊　　　　　　　　　竹夫

　　離別講堂年幾回　流光奄冉一身衰
　　泮橋學府遙望見　千萬生徒往復來

思鄉偶書

　　少別鄉家老未回　塵埃世俗鬢霜衰
　　昨非今是陶翁覺　稱託田蕪歸去來

寄南北會談　　　　　　　　　　　石如

　　協商南北會重回　和解精神年次衰
　　何日合縫分斷處　國家統一自天來

訪對馬島修善寺 崔益鉉先生殉國碑
有感　　　　　　　　　　　　　　止山

　　蠻島幽囚生莫回　勉翁拒食日殘衰
　　國讎未報身先死　含憤冤魂獨渡來

北漢江 歸路 綱人

　　一江萬嶽自縈回　今古溶溶流不衰
　　落日乾坤雲霧際　遙觀鴻雁北天來

登華山 西湖

　　千仞巖間曲路回　危峰氣像未全衰
　　冒炎登頂觀皇邑　何處英雄雲上來

白塔詩社 第六十四回韻

二千九年 十月 廿九日 於博石峴飯店

秋夜懷鄉

碧史老生

清宵轉輾夢難成　四壁陰蟲切切聲
想到西皐松竹裏　池臺寥闃月輪明

夜坐獨酌竹葉青*

平生書劍愧無成　又是秋窗落葉聲
中夜有懷聊獨酌　一壺青竹到天明

*酒名

百潭寺溪谷

蒼史

滿山紅葉自天成　流水百潭和一聲
我亦此中消日月　秋深古寺夕陽明

小女金娟娥優勝於巴里氷上競技

　藝才天賦遂功成　觀衆一齊驚歎聲
　萬國來春加大會*　雄飛更得桂冠明

　　* 加大會 加奈陀冬季五輪氷上競技大會 明年二月開催云

農民示威有感* 十月十日　　　　　　　　　石農

　今年大有歲功成　是以農心反怨聲*
　糧政爲民根本事　誰將良策展公明

　　* 今年豐作 政府保有米過多 故收買量減少 不免穀價下落 因
　此農民不滿高潮 近來示威事態擴散

秋夜一宿友人之村家

　寂寞孤懷夢不成　終宵喞喞草蟲聲
　無言起坐看弦月　未覺東天旭日明

秋夜偶吟 二絕　　　　　　　　　　　　竹夫

　孤臥寒牀睡未成　枕頭遠寺夜鐘聲
　長長夏日忽然去　窓外清風秋月明

平郊黃穀已秋成　階下閑庭蟋蟀聲
太息吾軀年老大　寒齋獨坐月光明

節序已初冬 天氣尚暖 蚊蚋不滅 而猶存
侵擾寢牀 其碍安眠 故有吟　　　　對山
居然節序已秋成　奈此枕邊蚊蚋聲
深歎地球溫暖化　淆紊天道不分明

訪隆中三顧堂　　　　　　　　　　止山
三分天下大名成　八陳圖中萬古聲
千載咸稱魚水契　隆中草屋更虛明

謹參碧史先生陶山會講　　　　　　陽原
己丑 二千九年 實是學舍 安東獨立運動紀念館 經學研究會
之夏講
平朝霖雨思難成　朗讀和應簷響聲
樂有憂兮憂有樂*　退陶銘句我心明
*退溪先生自銘有 憂中有樂樂中有憂

定年退任有感

一誠

　　講壇瓜滿一無成　惜別秋庭落葉聲
　　自慰餘生新出發　康寧壽福享光明

與許勝會仁兄縱談

　　年年產物好豐盛　槿域農村擊壤聲
　　老圃心憂低穀價　縱談此事却分明

大慈洞暮景

西湖

　　日夕西天紅染成　清風一陣遠鐘聲
　　憂愁無故如煙起　却喜東山吐月明

白塔詩社 第六十五回韻

二千九年 十二月 廿四日 於有情飯店

歲暮懷鄉 碧史老生

郊居牢落過秋冬　江外青山重復重
自歎老身無所事　南州歸路杳茫中

詩社

節序居然屬大冬　時憂身病積重重
一樽今日欣相對　白塔清緣在此中

國際氣候會議* 蒼史

萬邦政客會嚴冬　北極解氷重復重
國益相衝儌得一　地球其奈毀傷中

* 國際聯合氣候變化協約當事國總會 今年十二月中旬 開催於
丹麥首都哥本哈根덴마크 코펜하겐

歲暮步出清溪川邊

　　救世鐘聲又一冬* 高樓林立幾重重
　　清溪無恙流依舊 隱見南山飛雪中
　　* 救世軍

參大宗山墓祭 十一月 二十六日　　　　　石農

　　霜天十月入初冬 蕭瑟松楸落葉重
　　一炷清香瞻拜後 永懷先蔭刻心中

長夜斷想 十二月 六日

　　歲時變易已嚴冬 我亦心身昏耗重
　　夜久不眠懷往昔 一生悔恨起胸中

歲暮會吟　　　　　　　　　　　　竹夫

　　白塔清緣過幾冬 會吟廿載誼尤重
　　今年又此歲將暮 詩酒風流相樂中

懷鄉

凝水清流春復冬　藥山山色翠重重
離鄉半百何時返　仙境丹丘入夢中

親日反民族行爲眞相糾明畢業

石如

是是非非過幾冬　糾明親日決心重
非難辱說奔騰裏　閉口衰翁隱忍中

逆流時代

明博執權天下冬　政治經濟暗重重
虛風四大江開拓　賑恤公材蕩盡中

嚴冬 市井小民 貧苦尤甚 救恤難望

對山

寒風凍雪酷嚴冬　市井窮民苦幾重
今制益分貧富別*　遙瞻前路暗雲中
＊ 今制所謂新自由主義經濟體制也

冬日詠竹

止山

百草飄零不忍冬　此君傲雪立重重
後彫豈啻稱松柏　如許靑靑寒沍中

朔風吟

絅人

節齋金公宗瑞 開拓六鎭時 作一首短歌 流傳於世 余嘆服其
豪快氣象 乃用白塔詩社韻 飜成七絶

朔風吹樹致嚴冬　明月寒臨雪百重
萬里邊城孤杖劍　一聲長嘯白雲中

朔風은 나무 끝에 불고 明月은 눈 속에 찬데

萬里邊城에 一丈劍을 짚고 서서

긴 파람 한 소리에 거칠 것이 없어라.

祝實學博物館開館

一誠

野菊殘香發孟冬　漢江滾滾遠巒重
茶山膹馥遺存處　復活其情衆意中

迎庚寅新年

　駒隙迎新送季冬　陰陽變化每年重
　紛爭國論民生苦　但願無過不及中

冬夜
　　　　　　　　　　　　　　　　西湖
　月白風清又大冬　堂簷卦磬響重重
　空然有恨難成夢　酒滴微音聞室中

白塔詩社 第六十六回韻

二千十年 三月 四日 於有情飯店

與實是學舍諸少友 遊濟州 止山 陽原同
之 早朝出發 機中作 二月八日　　　　　碧史老生
　　又向南天作遠行　老身如着羽衣輕
　　瀛州仙侶應相識　洞府曾經題我名

觀德亭　以下 第一日
　　觀德亭前大路行　官衙宏敞市塵輕
　　耽羅往史君知否　星主竝稱王子名

海邊散策　中文觀光團地
　　海畔逍遙倚杖行　晴雲歷落午風輕
　　遊吟終日詩難好　勝水佳山不可名

龍頭海岸 荷蘭人夏蔑一行漂流寄着地

山房山下暫停行　夏蔑聲踪不可輕
萬里漂流生死裏　龍頭海岸却留名

自然休養林 以下 第二日

閒從板路樹間行　杉木連天霧雨輕
滿吸清朝仙露氣　自然休養匪虛名

翰林公園 二絶

卄年佳夢憶前行　勝地因緣本不輕
紅白寒梅春色早　相逢何必問芳名

曲曲園池任意行　棕櫚椰子拂天輕
何由一日停車坐　異樹奇花盡記名

雪綠茶園

雪綠園中信步行　一杯珍味客愁輕
荒砂化作茶千頃　衆口咸稱故主名

天池淵瀑布

長林十里坦途行　銀暴垂天飛沫輕
假使謫仙遊此地　廬山豈獨擅雄名

城邑民俗村 以下 第三日

村頭有女導余行　城邑民家語剽輕
買得一壺柑橘酒　清香滿口稱其名

榧子林逢雨 往觀所謂琉璃宮殿

漫天宿霧妨吾行　閒據輪椅走過輕
榧子林中衝雨返　琉璃宮殿總難名

還京 贈止山陽原兩友

衰年作伴喜同行　瀛海風光一夢輕
莫道仙緣歸寂寞　玄猿白鹿與知名

述懷

蒼史

憶昔向京千里行　風塵半百鬢絲輕
頻聞近日舊朋沒　餘境幾人能記名

初春懷鄉 石農

嶠南天末白雲行　萬里春還細雨輕
夢裏鄉山懷故舊　幾人尚在記吾名

庚寅歲首卽事

無情歲月不留行　白首那堪舉止輕
未識世間來日事　餘生只冀免污名

新春漫吟　二絕 竹夫

白塔佳筵隔月行　清遊雅會老軀輕
花開鳥唪三春日　酬唱吾人遠利名

大峙川邊徐步行　清流汩汩水聲輕
居然冬去春光到　何爲政街爭賣名

南北統一 石如

北南統一未偕行　協議通商不可輕
傾注至誠同族愛　圖謀合作國家名

追慕王考我石公

火旺山頭雲緩行　勿溪流順水波輕
新粧古洞風光好　世世無忘我石名

悔過

東風觀物曳笻行　垂老方知富貴輕
回顧一生荊棘露　堪嗟奔走逐功名

春來

對山

春來野路獨閒行　積鬱心懷融雪輕
履底草根看不意　新苗爭出得知名

遊羅浮山

止山

昔讀羅浮今始行　冲虛觀裏發煙輕
蘇仙一去遊何處　此地唯存石上名

敬梅月堂詩四遊錄 絅人

　山水爲家行又行　身遊世外一笻輕
　到處吟詩傳此集　千年不朽有清名

庚寅 立春後三日 實是學舍 古典文學班
諸生 陪碧史先生 遊濟州與同行 二首

陽原

　穿到雲瀛帶雨行　佳餐美酒醉衫輕
　橘林風樂何徒意　處處河山各有名

　輪椅推引雨中行　觀德亭階笑語輕
　天地淵邊梅朶白　池魚林鳥莫知名

梅花 一誠

　正月探梅故里行　春風片片舞花輕
　經寒冒雪清香發　玉骨氷肌稱異名

祝二千十年加拿大冬季五輪大會 觀金
姸兒滑氷

　氷上女王加國行　拔群神技壓頭輕
　好敎世界同驚歎　歷史長傳不朽名

觀　東埔寨참보디아安砬앙코르古邑　　　　　西湖

　林裏古都閑步行　廢墟宮址落花輕
　着根石殿巍巍樹　應向人間求盛名

雪後作樵軍

　曉起求柴背架行　無心步步雪吹輕
　牙獐瞥見悠悠去　枝上鳥呼樵子名

白塔詩社 第六十七回韻

二千十年 四月 廿九日　於博石峴飯店

春日獨酌 寄懷木曜會友　　　　　　　　　碧史老生

　　幽居懷抱與誰同　一酌能令萬慮空
　　花發鳥啼春正好　明朝博峴更相逢

讀新報 歎世相 新報 歷叙海外各國民衆騷擾之相

　　萬國人文有異同　到頭愁怨徹長空
　　康衢煙月知何處　擊壤歌終人莫逢

仁寺洞卽事　　　　　　　　　　　　　　　蒼史

　　寺洞風光今古同　早朝步出市塵空
　　頻聞異語店頭上　正是萬邦來客逢

長丞

巷塗春色往時同　木像依然立向空
我自有情知舊面　問君能記昔時逢

暇日尋春

石農

桃李春風處處同　煙霞三月藹晴空
曳筇野路探芳處　舞蝶雙雙隨意逢

偶觀 公園一隅寺黨輩演戲

索上娛游地上同*　運身終始在虛空
戲談妙技才人女　風物相和意外逢

* 時寺黨輩演戲 一人彈奚琴裏 一少女示乘索妙技世情漫談

過光陵

竹夫

水色山光繪畫同　長林鬱鬱掩晴空
千秋斧鉞誰能貸　如此君王冀不逢

遊南陽州樹木園

文酒親朋又此同　風塵世俗萬憂空
清遊莫恨西山日　木曜良辰更與逢

池陽契有感

石如

社日風情今昔同　杯盤狼藉酒樽空
山陰故事興無盡　鄉友京賓欣再逢

世年交契志心同　結社衰翁座席空*
如夢昨春花下別　悲哉今日不能逢

* 衰翁 成大永翁 去年別世故云

遊西施故里

止山

浣江遺迹今昔同　越國蛾眉揔盡空
古廟猶存妍塑像　沈魚美色若相逢*

* 西施殿有沈魚池 傳說池中游魚 迷惑於西施美姿 忘掉尾 而
沈池底

時事有感

　近來無不昔時同　民主十年歸盡空
　萬折必東誰拒逆　黎明日出好相逢

三春樂

一誠

　美麗韶光逐歲同　江山錦繡映晴空
　花間酒席風流樂　他日良辰又再逢

哀悼天安艦慘事

　骨肉之情一致同　阿誰作亂痛衝空
　哀哉戰艦中摧斷　殉國英靈何處逢

脫北學生 與父母深夜通話云

西湖

　通話不眠前月同　開窓落淚望鄉空
　慰安心事愈追想　未識何時對面逢

故里一宿

　山川草木昔年同　花落苔庭舊屋空
　偕樂好隣何處去　今宵夢裏得相逢

白塔詩社 第六十八回韻

二千十年 六月 廿四日 於博石峴飯店

憶密城

一灘

金碧東南第一樓　古來名勝密城州
山青野潤風光好　清洛湯湯向海流

夢與密陽鄉中人士　夜讌嶺南樓　輝山一
灘同之　覺後　不勝虛幻之感　以詩一節
寄兩友

碧史老生

滿面春風醉倚樓　幾回佳夢落凝州
覺來人物都無跡　山自蒼蒼水自流

有人　嘲我以迂拙無風流韻致　余以詩自
解　諉以嶺南風氣

曾從王粲賦登樓　山水兼追柳柳州
莫以迂疏嘲老物　嶺南原少好風流

木曜會諸友　每週　自京來訪　相與娛遊
余以詩爲謝

　　寂寞鄉園閉故樓　幾年牢落漢山州
　　京師咫尺從遊好　白首渾忘歲月流

密陽嶺南樓 二首　　　　　　　　　　　石農

　　大嶺東南第一樓　名區奚但擅吾州
　　江山景物同千古　不息凝川檻下流

　　歸鄉暇日上高樓　每歎風光最密州
　　十里四方通敞景　溶溶碧水古今流

吾鄉密州　　　　　　　　　　　　　　竹夫

　　一輪明月入南樓　龍壁春花照密州*
　　少小離鄉成老大　凝川依舊日長流

　　* 南樓 嶺南樓 龍壁 龍頭山斷崖

憶神勒寺舊遊

親朋攜酒上高樓　極目平郊闢一州
神勒清遊過幾歲　驪州江水古今流

嘆老

石如

少年雄志可超樓　氣魂亦能橫九州
消盡光陰今白首　老翁皺頰淚珠流

石洞舊感

猗歟我石古家樓　勝景山南第一州
遺蹟改粧回舊色　碧梧翠竹亦風流

驪州望漢江

絅人

北城落日獨登樓*　山水青奇第一州**
惟見河床爭亂掘　此江今後可安流

* 北城 驪州鎭山名
**山水清奇 出權近驪江詩

濟州觀光

一誠

石徑登臨翠滿樓　漢挐風物冠茲州
三多美島人情厚　名所聲光滾滾流

水原逍遙

逍遙長夏上山樓　形勝畿南第一州
滿座詩朋相勸酒　清遊終日樂風流

遊安東

西湖

江邊處處好亭樓　遠近青山繞舊州
幾許名儒生此地　退翁風韻古今流

晚對樓

風爽黃昏晚對樓　遊人來自遠方州
閑談眺望屏山景　洛水澄清一曲流

登臥龍山城

市街矗矗大高樓　震域千年都邑州
此地至今遺泮殿　綿綿退栗學風流

夏日晚對樓

海巖

遊客登臨晚對樓　風微日暢永嘉州

屏山景色眞如畫　清洛悠悠不斷流

白塔詩社 第六十九回韻

二千十年 八月 廿六日 於博石峴飯店

憶退老里社

碧史老生

我匪東西南北人　每逢名節感懷新
遙憐伏臘村翁走*　老柏陰中祭洞神

　＊ 杜詩 歲時伏臘走村翁

吟詩

平生不欲作詩人　遇景興懷得句新
幽谷春花增意趣　寒潭秋月倍精神

池蓮

石農

七月芙蓉喚美人　滿塘青葉藕莖新
清香淨植同君子　茂叔嘉言通我神*

　＊ 周茂叔之愛蓮說中 有中通外直 不蔓不枝 香遠益清 亭亭淨
　植 予謂蓮花之君子者也之句 故引之

處暑生涼

孤燈耿耿讀書人　一陣清風夜氣新
階下蛩聲幽興佚　病餘頓覺爽精神

獨坐書樓 賞秋史書體

竹夫

案上披書對古人　炎天夏日冊香新
中東唯一秋翁體　字字生生筆有神

先亭夜吟

又宿先亭懷古人　枕頭溪谷水聲新
松間明月照堂宇　壁上名書如有神

憶先君

石如

臨危難處憶先人　承誨守成心意新
克己仍消孤獨感　餘年今始可安神

時局有感

　　攪亂平和是外人　　造成南北葛藤新
　　此時民族尤團結　　統一雄圖展似神

長沙賈誼古宅懷古 二首　　　　　　　　　　止山

　　壯志未酬淪落人　　茲來惻惻謫居新
　　曾吟鵩鳥知文藻　　又弔湘江楚客神

　　天涯放逐抱懷人　　韓客來尋感慨新
　　盡力忠君終受謗　　三年謫宦倍傷神

茶山研究所與實學博物館　　諸彥尋黑山
島 巽庵遺蹟　　　　　　　　　　　　　陽原

　　渡海環山問古人　　沙村書室草家新
　　巽翁何處探魚族　　落照西溟似有神

堤川行　　　　　　　　　　　　　　　　一誠

　　又作行遊探勝人　　堤川十景亦鮮新
　　青山碧水逍遙處　　覓句吟風爽我神

無題

在世要爲有益人　恒時法古後知新
綱常那可須臾棄　極盡精誠必感神

杏硯嘉會

西湖

每週同席對同人　何事如兒感興新
暇日臨書無厭裏　清談高論更怡神

仁寺洞 李朝飯店 聽主人唱

初秋小宴伴佳人　美酒芳肴興味新
談笑開顏愁已減　高歌一曲爽心神

遊馬來西亞말레이시아海邊

海巖

晨朝霧散尚無人　熱帶香花彩色新
波上片舟簫鼓響　微風更覺爽心神

白塔詩社　第七十回韻

二千十年 十月 十八日　於博石峴飯店

宿慶州　十月十六日　　　　　　　　　　碧史老生

余遊慶州 投宿教育會館 諸少友之自京來者 自大邱安東堤川
等地來者 會合一堂 達曙酣唱

舊都樓觀倍輝光* 徐伐山川草樹香
一夜酣歌懷緒暢　況兼房室適溫凉

* 余之過慶州 已閱十餘年 市街之繁華 比前殊甚 彷彿如京師

吐含山石窟庵　　十月十七日

一角孤庵號壽光　千年老佛尚扇香
人間熱鬧都無限　得此清風盡日凉

哭一灘 三絶　十月 二十三日

荊山白玉遽埋光　栗里黃花且墜香
寂寞長村人不在* 秋天雁叫月凄凉

* 長村 長位洞

成均書墨永垂光　白塔詩篇句語香
九十平生無怨懟　何關世態有炎凉

凝川華嶽好風光　靈駕歸來故土香
君我從今千古別　夢中鄉路亦悲凉

秋日訪茶山遺蹟地

石農

天高江闊好風光　十里靑郊稻穗香
茶老舊居探訪路　楊州草色宛秋凉

實學博物館志感

馬峴猶堂照瑞光　先生杖屨永遺香
收藏舊物成華館　斯學從今免寂凉

此二首　九月二十五日　爲祝賀金時鄴敎授實學博物館長就任
與竹夫石如東湖星宇諸益　同行經由八堂湖　訪問茶山遺蹟地
有作

初秋 二絕

竹夫

江山一色帶秋光　窗下微風野菊香
獨坐披書閱今古　蕭條陋室得清涼

支離霖後得晴光　風動南郊禾穗香
歲月如流秋又到　炎威退去已新涼

自歎

石如

廿年病苦失神光　憔悴瘦身殘藥香
餘世不能當一事　只吟風月作清涼

還鄉 一宿

寂寂山村照月光　清宵浮動古家香
先人遺德難承繼　輾轉無眠枕席涼

輓河一灘老丈

止山

軒軒鶴骨遽埋光　此地空餘筆墨香
白塔諸朋今又集　仰懷切切更凄涼

浦村晚秋

綱人

清晨開戶對山光　步出東籬野菊香
霜柿高枝群雀噪　深秋風日氣偏涼

自黑山島歸路訪茶山草堂

陽原

耽津海路烈炎光　丁石松樓林藪香
想到看雲千一閣　白蓮寺下晚風涼

秋日感懷

一誠

秋日江山好景光　閑居庭畔菊花香
蟬聲恰似嘆駒隙　雨後蕭蕭鬢髮涼

挽一灘河漢植先生

悲報今朝暗日光　靈前一次哭焚香
陪從塔社忘年誼　淚濕斜陽鬢髮涼

杏硯會員 憂一灘病甚 西湖

杏村書室入秋光　磨墨清聲隱隱香
老病良師還未出　生徒放筆却悽涼

挽一灘先生

夜寒檐下月星光　師丈楣書發墨香*
痛惜別離難做夢　忽聞天外鶴笙涼

* 一灘書余堂號 刻之懸額檐下

杏山會員晚秋北漢山行 海巖

落照丹楓山與光　松林巖谷滿秋香
友朋相勸一杯酒　醉裏詩風尤極涼

白塔詩社 第七十一回韻

二千十年 十二月 卅日 於有情飯店

寄暉山 河載裕 十二月 十日 　　　　　　　　碧史老生
　　一灘長逝太無情　惟望暉公緩此行
　　何日故鄉携手返　華山林下聽鶯聲

獨坐無聊 憶七十年前西皐讀書時事
十二月十二日
　　少年孤坐孰知情　石澗苔蹊人不行
　　花落鳥啼春寂寂　竹林深處讀書聲

歲暮有感 　　　　　　　　　　　　　　蒼史
　　靜夜觀書千古情　先賢遺訓未遵行
　　鶴髮明朝添一歲　蕭條窗外葉飛聲

過成均館

千年老樹有深情　杏下幾人攜券行
歲暮泮橋門寂寂　北風吹雪落無聲

初冬偶逢故友登光敎山 二絕　　　　石農

邂逅高朋憶舊情　日和曳杖共山行
交談往事歡無盡　啼鳥林間求友聲

滿山黃葉入幽情　一逕透迤老脚行
寒日殘暉歸路促　遠聞古寺暮鐘聲

歲暮白塔雅懷　　　　　　　　竹夫

歲暮清遊又有情*　親朋懷抱此中行
樽前莫想明朝事　興滿瓊筵和樂聲

*有情 飯店之名

歲暮懷鄉

吾里山川儘有情　老夫何故未歸行
花朝月夕風光好　四節長空野鶴聲

輓李泳禧教授 二絕

石如

是非判斷若無情　眞實追求一路行
舉論北方分界線　沸騰喝采得名聲

模依魯迅寫人情　言論鬪爭監獄行
時事日非喪志士　滿城追慕聽哀聲

遊李白墓

止山

遙見靑山不盡情　墓園寥寂少人行
碑廓細讀遺詩句　似聽沈吟李白聲

歲暮遊故宮

絅人

故宮飛雪最牽情　落日孤筇信步行
得失前朝那得問　如今隨處聽民聲

環球卽事

一誠

宇宙元來沒有情　雲騰致雨自然行
天災地變誰能作　未覺人間歎息聲

歲暮感懷

歲暮思鄉萬里情　吾心欲寄雁南行
農形豐稔風光好　重願年年擊壤聲

秋夜

西湖

東籬殘菊亦多情　明曉欣迎余步行
窗外西風花葉落　悲啼歸鳥有餘聲

還鄉一望榮山江

隱迹連峰有舊情*　榮山江水古今行
何時復見黃帆影　日落天寒孤雁聲

*隱迹 山名

濟州錦湖賓館

巖頭海菊有高情　波上漁船鷗伴行
我欲逍遙此終日　催程其奈導游聲

濟州榧林 散策

　　追憶當年林露情　　連枝今日隔塵行
　　尋求榧子聞香處　　簫瑟清風綠雨聲*

* 因憶孤山宗宅 綠雨堂

白塔詩社 第七十二回韻

二千十一年 二月 廿四日 於博石峴飯店

夢至雙梅堂 因登西皋精舍 覺後志感

李佑成吉甫稿

夢中舊宅記分明　幾樹梅花掩戶庭
最是少年讀書處　萬竿脩竹一燈青

初春 憶月淵亭今是堂

月墅今堂物色明　江山猶保舊園庭
却憐魚老詩中語*　凍麥逢春尚未青

* 魚老 魚灌圃得江

高陽寓廬 曉坐志懷

寒宵擁被待天明　松竹蕭疎雪滿庭
老病不曾開硯墨　任敎蘭葉拂床青

中美兩國領首會談

蒼史

電視器中　見兩國領首記者會見　有感而作

雨後白宮望更明　東西領首立階庭
爭名爭利人間事　視見鳩飛樹木青

過清州小學校　母校

臨堤學舍向陽明　回想當年遊校庭
惆愴舊朋無復返　祇看小白萬年青

舊正志感

石農

遲遲除夜待天明　麗日初昇照我庭
雪裏寒風花未發　古園松柏獨青青

立春卽事

新年四海氣清明　好是休祥萬戶庭
揮筆立春門上貼　和風解凍柳梢青

辛卯元朝

竹夫

冽上東天朝日明　新年瑞氣滿春庭
何時我國成平統　三角山光萬古青

立春卽事

冬去春來大地明　和風習習至園庭
前宵甘雨傳花信　遠近山河一色青

麥山靑松

石如

勿溪水渴白沙明　我石古家苔滿庭
梓里桑田爲碧海　麥山松栢四時青

老翁

不眠輾轉至黎明　曳杖逍遙雪滿庭
白髮飄風身踽踽　老翁頭上路燈青

馬峴冬朝

陽原

庚寅臘日 出勤于實學博物館 訪茶山先生遺蹟

斗江十里結氷明* 與猶堂高雪滿庭
緩步登階仰幽宅 鐵山松樹獨靑靑**

* 斗江 南北漢江合水處
** 鐵山 茶山古里後山

送庚寅迎辛卯年

一誠

送舊迎新旭日明 春梅向我笑前庭
卯年瑞氣山河美 白髮耆儒一夢靑

古宮散策

春日天晴物色明 紅情綠意溢宮庭
榮枯五百尋何處 舊闕風光滿眼靑

遊黃山始信峯

西湖

日出黃山始信明 千峰群舞聳天庭
依欄俯望幽玄壑 遠近奇巖骨格靑

杏山會員　醉翁亭對酌

流觴曲水跡分明　翠色臘梅香透庭
爾我不辭清白酒　醉翁亭外暮煙青

固城月夜詠廢家

農家寂寞月華明　樑柱交頹草滿庭
何日歸還孤鶴髮　後山松樹尚猶青

老梅

雪天終日物華明　鳥雀群飛下小庭
徹骨寒風松栢萎　南籬梅樹一枝青

遊黃山

海巖

黃山新曉未鮮明　寂寞高原天國庭
始信峯頭日輪出　奇巖絕壁老松青

白塔詩社 第七十三回韻

二千十一年 四月 廿八日 於西五陵 瑞沉亭飯店

還鄉 四月二日

碧史老生

還鄉千里道途長　無限雲巒過眼蒼
梅樹出墻松掩戶　吾家依舊華山陽*

* 華山之華 去聲

宿邊山半島

四月十二日 同經學研究會諸少友遊湖南 歷觀禪雲寺及來蘇
寺 至邊山 觀日沒 投宿大明旅閣

邊山西極一天長　落日莊嚴海水蒼
臥想明朝歸去路　萬株銀李媚春陽*

* 競言明日 取路由華城安養 歸京 則兩邊李奈花發正盛 故云

新萬金大堤 四月十三日

金堤萬頃此延長　眼盡西南一色蒼
截海馳行三十里*　雲消霧霽輝新陽

* 堤長八十餘里 馳至半途 雲霧開霽 下車喫茶 有此作

入鄉先祖墓表改竪志感 　　　　　石農

　　齋宮洞裏瑞光長* 　鬱鬱松楸百世蒼
　　多喜雲仍誠力竭 　　崇碑新刻照春陽

　　* 齋宮洞 驪州李氏入鄉先祖墓域所在洞名

雨後郊外散策

　　春服猶寒野逕長 　雨餘峰嶂入雲蒼
　　鵑花滿發郊村靜 　黃鳥聲聲向夕陽

春日望鄉 　　　　　竹夫

　　三月東風春日長 　牛眠山色鬱然蒼
　　遙看水國白雲裏 　何日吾鄉歸密陽

春光

　　鶴灘滾滾水聲長 　十里江邊柳色蒼
　　燕子初飛春日好 　奈花千樹映斜陽

春日

春日勿溪流水長　麥山松色益蒼蒼
賞花老客留酣睡　我石軒樓又夕陽

漢陽

滾滾清溪繞岸長　南山北嶽接天蒼
興亡治亂中心地　是處王都名漢陽

衰耄

秋雨春風歲月長　無爲徒食鬢毛蒼
浮沈末世一場夢　衰耄餘光同夕陽

春日有懷

止山

清明過後日初長　滿地韶光草木蒼
七十逢春心不喜　桑楡木末照斜陽

登潯陽樓

絅人

樓在九江市 長江南岸 余嘗愛讀水滸傳 松江謫中題反詩於此
樓上 爲小說全局主要契機事 去年夏 旅遊中國江西地 因登
此樓而頗有感懷 今用白塔詩韻作此

萬里滔滔一水長　楚山煙雨莽蒼蒼
緬思謫客凌雲志*　半晌憑樓已夕陽

*凌雪志 反詩中語

山行過水鍾寺

陽原

水鍾寺在雲吉山東麓 與馬峴不遠 茶山 秋史 諸賢 遊
歷之地

雲吉山稜松櫪長　江流南北遠煙蒼
一聲鐘磬乘風至　追憶古人吟夕陽

新春有感

一誠

春入雲林日漸長　紅梅花發竹枝蒼
今年所願衰軀健　早起登山到夕陽

惜春

雨後閒雲拖影長　蜂歌蝶舞樹林蒼
落花片片飛來去　杯裏吞紅惜艷陽

二千十一年 三月一日 溫知會參席有感

西湖

四海和風春日長　溫知故里樹蒼蒼*
慕何篤志如時雨**百果千秋熟好陽

* 溫知 碧史先生弟子學會之名
** 慕何 李憲祖先生雅號

美國南風캔사스大校庭 登陵丘一眺

迎客南風春興長　茫茫大地接天蒼
欲馳草路臻涯限　花落梨枝掛夕陽

白塔詩社 第七十四回韻

二千十一年 六月 卅日 於博石峴飯店

春日思鄉   碧史

　　婆娑春服出門行　細雨溪橋聽水聲
　　好是田家耕種日　衰年又起故園情

春盡日 京中寫懷

　　病餘筇屐趁江行　橋北橋南人馬聲
　　太息漢城春已盡　落花啼鳥不勝情

初夏出郊 有懷舊友 三絕

憶孫友 君在北 病後無消息

　　閒從花外小車行　風日晴暄眾鳥聲
　　回首北天雲漠漠　故人書斷若爲情

憶斗梅 君病臥多大浦

　　遙天心逐白雲行　　坐覺滄波滿耳聲
　　海曲有君知者少　　生涯寂寞曷爲情

憶輝山 昔輝山詩 有西皐亭下又三人之句 盖指一灘與我同
輝山自身 爲三人也

　　一灘先作玉京行　　忍聽輝山嗚咽聲
　　他日雲鄉遐擧後　　三人相笑話衷情

幸州山城
　　　　　　　　　　　　　　　　　　蒼史
　　山城日暮少人行　　高樹群鴉噪亂聲
　　遠想當年禦倭事　　清風滿袖不勝情

湖畔卽事
　　雨後東風湖畔行　　落花滿徑步無聲
　　野禽如惜韶華短　　終日爭鳴更訴情

川邊散策

石農

吾之所居村貫流有一河川 近來淸溪復元造景後 設散策路

落日藜筇漫步行　幽花野草好溪聲

奠居十載如鄕里　路上逢人皆有情

後山登高

早朝携杖作山行　好鳥林間喚友聲

引步老身遙望處　故鄕天末更傷情

密陽行

竹夫

辛卯四月三日 有觀善輔仁溫知契事 作密陽行

雨後淸風作遠行　春山到處鳥啼聲

老夫何日故庄返　水國花香依舊情

六月淸遊

白塔淸遊今幾行　相携十載慣詩聲

綠陰芳草好時節　會坐親朋眞有情

江陵鏡浦臺

石如

關東八景旅遊行　處處波濤奏樂聲
十里明沙成畫境　蜻蛉三兩起詩情

草堂里許筠許蘭雪軒記念館

長夏尋訪作遠行　詩才四海振名聲
卓然許氏諸文士　蘭雪蛟山最有情

瑞石東學革命軍慰靈塔

民擾遺墟瑞石行　慰靈塔記斷腸聲
二千流血伏屍地　冀願蘇生東學情

訪茶山草堂

止山

萬德山中細路行　草堂林木鳥鳴聲
手鐫丁石尚今在　欽仰先生萬古情

長興正南津*   絅人

　　薰風五月正南行　　地盡蒼天海鳥聲
　　落日船中開小宴　　把盃相勸故人情

　　* 正南津 長興郡地努力港 漢城正南方故云

訪統營閑山島   一誠

　　暮春探賞統營行　　落落松林水鳥聲
　　點點青山浮海上　　閑山大捷可忘情

孟夏海邊逍遙

　　薰風晴日海邊行　　水域清澄浪有聲
　　處處風光成絕景　　閒吟覓句欲舒情

暮春山行   西湖

　　携杖花間細路行　　翩翩蝶舞伴蜂聲
　　丁寧此處別天地　　何事未能超世情

臥床

　　平朝天外白雲行　屋後青山衆鳥聲
　　高枕清風閒臥夢　栗花香起故鄉情

北漢山行
　　　　　　　　　　　　　　　　　海巖
　　夕陽幽谷踏花行　枝上鳥歌和水聲
　　雲影樹陰如畫處　一杯佳酒忘塵情

白塔詩社 第七十五回韻

二千十一年 八月 廿五日 於博石峴飯店

中宵獨酌　　　　　　　　　　　　　　碧史老生

　讀罷陳篇夜向深　林樊寂寂月初沈
　空齋獨酌無人勸　一曲高歌萬古心

祝實學研究共同發表會

　究明先學造精深　不見中途意氣沈
　今日滿堂參聽裏　堂堂高論更驚心

外奎章閣圖書返還 二千十一年 四月 十四日

　　　　　　　　　　　　　　　　　蒼史

　儀軌奎章歲月深　幾年亡去室沈沈
　快哉今日遂還國　可愛兩邦和解心

過忠州南漢江

草舍漁翁午睡深　青山影入碧江沈
野禽如識忘機客　故故飛來警我心

雨中望今是堂

石農

龍湖蒼壁綠陰深　窈窕亭臺映水沈
江雨蕭蕭幽趣足　追懷今是昨非心

白淵*

玉水飛泉百尺深　俗傳淵有一龍沈
旱天祈雨憂民處　隔世猶知太守心

* 白淵在密陽實惠山中麓 密州誌曰瀑布石凹爲淵 形如臼白故
名 世傳有龍深不可測 天旱時太守憂民祈雨之所也

炎夏偶成

竹夫

雨歇青山草木深　鶴灘魚隊任浮沈
炎威七月何時去　盡日臨流滌我心

白塔詩社會吟

白社清緣契誼深　樽前佳話起銷沈
唱酬可但相逢樂　論理論情每會心

德國旅行

石如

馬克思 Marx　故居 Trier

解放工人創意深　歷年理念至銷沈
勞資對立極尖銳　未久蘇生階級心

Rosa　Luxemburg　屍身遺棄處　Berlin Landweher　Kanal

日暮橋頭燈火深　悽然江水月輪沈
三賢被殺棄屍處　老客輓歌追悼心

波茨坦 Potsdam　宣言

終戰宣言歲月深　列強因此各浮沈
美蘇分割吾疆土　念念難忘統一心

題燕巖先生 課農小抄

絅人

先生素志經世 於農學潛心 中年入燕峽 躬耕之餘 讀歷代農
家者流 盎葉抄錄頗富 又隨使行 觀察中國農法而歸 正祖歲
己未 因求農書綸音 取前日所抄錄者 詳考作按說 參中國農
法可行於我國者 撰述一部農書 命之曰課農小抄 以此應上旨
正祖親覽此書 賞讚曰 近得好經綸文字 以消永日云

平生經濟講摩深　燕峽躬耕意莫沈
一部農書承命進　富民益國老臣心

哭外舅

一誠

忽忽歸天痛悼深　京鄉弔客惜珠沈
平生蒙愛如河海　泰岳崩頹奈此心

辛卯孟夏有感

長霖暴雨水災深　處處山崩秔稻沈
被害人家千百數　自然運化本無心

世界自然遺産巨文燈散策

西湖

自七月一日至三日 同社會福祉大學院二十二期諸友 遊濟州

山林苔徑草香深　衆鳥聲聲日未沈
苛苦民生遺蹟地*　巖間水菊笑無心

* 噴火口內 深林 有炭窯 神堂 日本軍防空壕等之遺跡

雨後登紫雲峰

溪水奔流山谷深　雲煙未滅徑沈沈
不知吾在何天下　漫步閑行一快心

土耳其旅行

海巖

沙土平原草木深　溪川響遠鳥聲沈
行人濯足清涼水　一陣微風解俗心

白塔詩社 第七十六回韻

二千十一年 十月 廿八日 於博石峴飯店

秋日訪京友 晚從八八高速道路 歸高陽

碧史老生

相逢相別叙幽情　樹木青黃江水平
晚帶斜陽馳孔道　幸州西畔大橋橫

暇日 出郊眺望

閒齋何以慰孤情　讀書吟詩氣未平
好是出郊憑望處　天晴江闊鷺飛橫

陽原 贈余 坤輿萬國全圖一幅複寫本 余以詩爲謝

人言歲月逝無情　長晝孤懷鬱莫平
今日賴君遊萬國　坤輿一幅眼前橫

贈東湖曹永祿教授

近來僑輩中 不廢研鑽者 唯東湖一人 於韓中佛教文化之交流
關係 繼有名稿 余用十月白塔詩社韻 爲頌二絕

優遊學界孰知情　獨力打開新地平
僧史千年探往蹟　震邦華土任縱橫

學垣誰與話衷情　木曜朋筵瀉不平
笑道北溟鯤且化　南天將見大鵬橫

秋郊閒步

石農

天高佳節好風情　策杖逍遙野路平
秋熟黃雲三十里　閒吟不覺夕陽橫

憶照丹觀海*

清秋景物誘吾情　最好江都望海平
晏坐茶亭談笑裡　居然斜日彩雲橫

＊ 照丹 江華島海濱地名 去年與木曜會諸益 探訪 有一茶亭
觀西海少憩而歸

秋夜偶成　二絕　　　　　　　　　　　　　竹夫

我國山河依舊情　奈何南北不和平
老夫獨酌蕭條裏　遙見天涯歸雁橫

妻孥離散孰知情　歲歲年年願統平
白月無心輝大地　長天一角白雲橫

還鄉　　　　　　　　　　　　　　　　　石如

老來深渴故鄉情　白首還家心氣平
盡日遊觀形勝地　勿溪水畔暮煙橫

贈內

晚歲始知夫婦情　連襟行樂老心平
餘生所願唯長壽　彼岸黃泉眼下橫

印度漫吟　　　　　　　　　　　　　　止山

釋氏曾談解脫情　雜神崇拜冀心平
人人額上漆紅點　到處街頭牛糞橫

登三角山望北

絅人

入望山河千古情　秋風落日暮雲平

漢陽松嶽分南北　唯見長空一雁橫

秋日雅會

一誠

野坰秋日好風情　歲稔家家唱泰平

墨客騷人成雅會　丹楓一葉酒中橫

寄在美建築家許勝會仁兄

夢寐思君萬里情　積年相阻意難平

時時欲作淸談會　爾我之間大海橫

登賜牌山

西湖

賜牌山頂晚秋情　一望家家享泰平

正是良辰佳酒熟　村村醉到暮煙橫

晚秋校庭

　秋日清明無限情　古宮霜葉紫雲平
　青春學友連襟笑　一鳥蒼空任意橫

晚秋登賜牌山
　　　　　　　　　　　　　　海巖
　黃花紅葉晚秋情　仰見閒雲頂上平
　朋友如遊塵外世　青苔巖壁老松橫

白塔詩社 第七十七回韻

二千十一年 十二月 廿九日 於博石峴飯店

憶密陽舊遊 二絕　　　　　　　　　　　碧史

登嶺南樓望南山 俗稱終南山

　　嶺南形勝最凝川　　百丈樓臺萬戶煙
　　好是長林平野外　　南山千疊聳中天

暮春携客訪桃源亭

　　花擁亭臺柳拂川　　桃源一曲好風煙
　　名區不惜春光晚　　錦壁澄流四月天

歲暮鐘路清溪川卽事 二首　　　　　　　蒼史

　　閑行一路過清川　　林立高樓帶紫煙
　　千古風霜渾是夢　　鐘聲歲暮又新天

　　繁華鐘路響溪川　　聖誕讚歌散暮煙
　　送舊迎新好時節　　飄飄瑞雪遍寒天

再訪平海越松亭*

石農

嶺東迢遞舊山川　千古松亭帶瑞煙

往世吾先遊歷處　追懷風節仰青天

* 平海 吾先祖文節公謫居外鄉也 每月夜 白巖山下飛良洞月

松亭間 騎牛往來游賞

歸路過佛影溪谷

層巖疊嶂響寒川　九折羊腸萬壑煙

遙望歸途催短日　榮州境上已昏天

歲暮思鄉

竹夫

斜陽策杖鶴灘川　十萬人家帶暮煙

京邑優遊今幾歲　回頭鄉國望江天

晚望

歲暮紅燈映漢川　市街隨處起人煙

諸賢一座清遊樂　野鶴雙飛南北天

雪馬설매치

石如

衷寒雪馬走氷川　童散原頭起暮煙
回憶幼年當日事　老翁遙見故鄉天

除夜

霏霏瑞雪掩山川　人海街頭搖燭煙
多事卯年將盡夜　打鐘迎祝曙光天

遊紹興

止山

古越城中漾百川　稽山屹立鎖雲煙
四明狂客昔遊處　酒熟家家香滿天

秋去冬來

一誠

紛紛瑞雪降山川　遠近農村起暮煙
菊後梅花香氣發　新年弘運自仁天

晚秋志感

五色風光映玉川　豐登處處萬家煙
飛禽往返分南北　我國何時統一天

同一灘先生子女 密陽大項里省墓 西湖

百戶寒村一曲川　松青幽宅起秋煙

爲言別後平安否　呼父哭聲鳴洞天

出勤中

紛紛杏葉碧蹄川　山吐日輪風捲煙

車裏樂音甘味響　白雲臺聳雁飛天

清溪川散策 海巖

人山人海古都川　左右黃埃汚白煙

歲暮澄泉流滾滾　彩燈高廈接雲天

白塔詩社 第七十八回韻

二千十二年 二月 廿三日 於博石峴飯店

自題棲碧外史別號後 碧史老生

曾思棲息碧山中　八十風塵一老翁
試問渭川垂釣者　云胡晚歲喜遭逢*

* 偶閱深齋集 有題'渭川垂釣'兩句 曰白頭勳業一竿絲 晚歲遭
逢偶爾奇 余謂八十鷹揚 大是苦事 姜公何以爲之 可憫也

高陽寓廬有懷木曜會諸友 陰曆正月十五日

親朋多住漢城中　令節無人問此翁
斜日住笻庭際立　隣家商婦隔籬逢

雲簏俱出一門中*　蒼石同爲八十翁**
第待春風吹泮樹　故宮東畔笑相逢***

* 雲成 簏衡
** 蒼史 石如
*** 博石峴飯店

歲首對鏡偶吟 壬辰舊正之旦　　　　石農

　試把吾顏照鏡中　愴然更覺一衰翁
　從今老物無餘事　唯有消閒舊友逢

思鄉 二月十五日

　懷舊徘徊斗室中　傷心自嘆白頭翁
　鄉山迢遞南天外　親戚何時再笑逢

春日懷友　　　　　　　　　　　　竹夫

　古梅香氣滿園中　獨坐空齋寂寞翁
　鳥嘖花開春日好　慇懃詩酒欲相逢

憶雙溪寺舊遊

　奇峰聳出白雲中　林下茅亭午睡翁
　石澗淙淙人跡少　喃喃山鳥頡頏逢

贈再從姪日耆君　　　　　　　　　石如

　相殘骨肉戰爭中　九死一生遊擊翁
　寤寐不忘亡命妹　凱旋門下偶然逢

光陰如矢混流中　男妹俱爲老媼翁
當日紅顏今白髮　殊邦雀躍喜相逢

嘆老

八十平生一夢中　紅顏忽作白頭翁
縱然今日心猶少　太息靑春不再逢

訪五夫里朱子故居 止山

屛山山下樹林中　萬里愚生訪晦翁
半畝方塘今尙在　觀書夫子若相逢

斗江勝遊圖 陽原

朝鮮後期 李建弼寫水墨畫 斗江두물머리 南北 漢江 合水之
處 在茶山故鄕 馬峴里之前 林熒澤敎授所藏 實學博物館展
示中

兩水悠悠煙雨中　偏舟無棹一蓑翁
斗江風浪知何樣　似待茶山大老逢

哭第五妹兄

一誠

第五妹兄老患中　今朝忽忽化仙翁
多才正義風流客　濁世從茲何處逢

觀太白雪花祝祭

太白雪花祝祭中　氷人印象似仙翁
深山開發觀光地　此嶽原形夢裏逢

訪武夷山水簾洞三賢祠

西湖

水簾巖壁嵌空中　端雅一祠留晦翁
今夜退溪乘鶴至　開窓迎月得相逢

遊印度泰吉瑪哈爾陵*

海巖

細雨姬陵大廈中　亭亭白髮導游翁
可憐古事傳言裏　客夢美人今夜逢

* 印度王(무굴제국 왕 샤자한) 爲絶世美妃 獻泰吉瑪哈爾陵

新春偶吟
厚卿

春晨細雨澹然中　老木蘇生賴化翁
舊殼胚胎新活脈　百花齊發喜相逢

白塔詩社 第七十九回韻

二千十二年 四月 廿六日 於博石峴飯店

午窓 睡起 喫茶 茶名春雪　　　　　　　　碧史老生

　長日無人訪我居　案頭堆積古今書
　一杯春雪新茶味　正屬閒窓小睡餘

暮春 閒居無事 聞百濟舊都 大起宮殿 工
役已訖 與諸少友往遊 臨發口號

　幸州城北是吾居　老廢多年不讀書
　今日好同諸少友　輕車便服向扶餘

至扶餘 周覽宮殿 其規模 比諸景福昌德
兩宮 殆無損色 但百濟往蹟 都無證憑可
歎

　宏宮華閣帝王居　往蹟都無一卷書
　最是定林遺址塔　千年屹立雨風餘

萬卷樓[*]

蒼史

頭陀山下是公居　架上收藏萬卷書

文士頻尋高隱處　只看礎石戰災餘

> [*] 萬卷樓在鎭川頭陀山下　肅宗時　澹軒李公諱夏坤　我九代傍
> 祖所建也 藏書至萬卷 六二五戰亂時灰燼殆盡 其行狀曰 酷
> 愛書籍 見人有鬻書者 至捐衣買之云

法頂老僧

> 電視器中　見故法頂老僧居處映像 有感而作

山中無客到幽居　四壁蕭條一卷書

實踐平生無所有　韶光依舊寢床餘

春日卽事

石農

斜日西窓照我居　閑中高枕獨看書

老身尚健春將晚　只願殘齡樂有餘

憶舊友

> 三十餘年前　同鄉親友鄭重聲兄　隱居于智異山　以一札寄余
> 其後至今無消息

暮雲春樹久離居[*]　深入名山寄一書

別後何由消息斷　舊情如昨我心餘

> [*] 杜甫 春日憶李白詩中 有渭北春天樹 江東日暮雲之句

白塔清遊

竹夫

江南大峙奠新居　　卅載寒齋譯古書
白塔清遊今幾歲　　朋筵詩酒興猶餘

安貧

石如

卜宅江南卅載居　　閑窓堆積古詩書
無貪財貨是天性　　到老安貧長壽餘

山居

豚兒去月率眷 移居于仁旺山麓

脫去俗塵山上居　　三間小屋積醫書
松聲嵐氣可忘苦　　遙見碑峰情有餘

益善齋

絅人

在鐘路區益善洞 余定年退職後 搬移研究室所藏書籍於此 而
居焉 故名之

益善齋中吾定居　　南窓靜坐獨看書
平生樂事於斯在　　好是心身閒有餘

春日卽興 一誠

晚暮優遊道谷居　時開古篋讀詩書
生涯七十安閒事　愛賞韶光樂有餘

春興

楊柳垂窓似隱居　時時閱讀聖賢書
桃花滿發疑仙境　好句閑吟醉興餘

清明休日 西湖

春濃地煖大慈居　終日力耕難讀書
携酒去逢隣舍友　無窮興趣漫談餘

偸閒 海巖

奔忙每日市中居　強作閒休將讀書
電話鈴聲喧莫避　却求小睡一杯餘

欲參白塔詩會末席 心甚惶恐　　　　　　汝登

　　笈負多年太學居　　未能讀破五車書
　　含羞猥進高儒座　　倘屬詩家咳唾餘

偶吟　　　　　　　　　　　　　　　　　　厚卿

　　獨坐好閑居　　靜觀前聖書
　　自能尋向上　　蕈血盡無餘

白塔詩社 第八十回韻

二千十二年 六月 廿八日 於實是學舍

登幸州山城

碧史老生

　　老樹成陰夏日凉　眼前滾滾水流長
　　苦尋佳句終難得　白鷺翩翩下夕陽

塔洞路傍 見一老 說占卦 婦女圍坐

　　城中少憩喜微凉　樹木扶疏塔影長
　　一老座圍諸婦女　謾將占卦說陰陽

遊永宗島

石農

近日 與兒孫輩同行 遊於永宗島西海岸觀光別區 而海濱有豪
華賓館 一宿而歸 時觀西海落照及海水浴場之風光有感 二絕

觀西海落照

　　萬里滄溟首夏凉　水天一色彩雲長
　　西斜日腳清風起　無數飛帆過夕陽

望海水浴場

　　松陰箕坐引清凉　　海岸金砂十里長
　　行客狎鷗遊泳樂　　孤帆遠去入斜陽

訪陵內古里

竹夫

　　苕川流水每清凉　　陵內江村一路長
　　實學眞詮誰解得　　與猶堂室帶斜陽

訪菁丁墓

　　五月山川清又凉　　凄凄杜宇怨聲長
　　菁丁仙去幾年度　　幽宅碑文輝夕陽

五月十九日 與全明赫等諸友 訪忘憂里
共同墓地 高麗共産同盟責任秘書金思國與
其妻朴元熙之墓在於此 而年前 國家報勳處
發掘金思國之遺骸 而移埋于大田國立顯忠
園 現在唯朴元熙之墓在焉　　　　　　石如

　　平生革命儘凄涼　草茂笞深碑影長
　　身死未舒經國志　破墳痕迹帶斜陽

　　忘憂山麓景荒涼　頹落遺墳悲恨長
　　老客心傷吾國史　茫然佇立見殘陽

朴元熙之墓

墓前立小石　前面刻'女性運動先驅者朴元熙之墓'　背面刻'朝
鮮社會團體聯合葬儀委員會　一九二八年一月九日立'

　　異族統治人事涼　妙年加勢頌聲長
　　女流運動先驅者　奈此孤碑照夕陽

憶靑溟先生

　　芝谷書堂風致涼　聽流軒下水聲長
　　老師往日烹茶處　只見空樓掛夕陽

遊尼山觀川亭　　　　　　　　　　止山

　古木環亭日氣凉　　遙觀泗水碧波長
　昔年夫子遺言處　　寂寞欄杆帶夕陽

六月十二日 乘快速船 早發仁川港 至德
積島一泊 又往掘業島 一泊而歸　　網人

　滄波快走客襟凉　　德積芳餐海味長
　翌日南遊尋掘業*　　可憐小島帶斜陽

＊掘業島 黃海上一小島 海曲明美 地勢奇絶 麋鹿成群 稀貴
　植物 羅生處處 而近日某企業 占有此島 劃策開發 乃全島
　民九戶 方起反對運動

馬峴遺感　　　　　　　　　　　　陽原

　黔丹山下漢江凉　　斗尾船來歌曲長
　浩瀚如今成水庫　　汽車兩岸走斜陽

無題

一誠

人情世態混炎涼　豈識眞知別短長
道理修行弘智願　誠心愼厚迎朝陽

壬辰孟夏

夏入高溫夢納涼　溪邊風拂柳絲長
四方麥壟青黃遍　避暑山亭到夕陽

夕陽有感

西湖

山村首夏晚風涼　眾鳥林間歌興長
此樂何能終享有*　蕭條庭樹帶斜陽

* 聞中部大學移來大慈山麓 恐風致破壞

夏至節 山谷小宴

海巖

綠林深谷鳥聲涼　濯足寒泉松影長
酒美肴佳朋友好　不知沈醉至斜陽

早入大成門

汝登

泮村五月好風涼　景物清新日晷長
濟濟青衿輕快進　堂前古杏映朝陽

讀南華經

厚卿

南華閑讀小齋涼　塵海夢中論短長
心上或能無一物　光生虛室若朝陽

白塔詩社 第八十一回韻
二千十二年 八月 卅日 於博石峴飯店

與實是學舍諸少友 遊泰安半島 二絕

七月十六日 　　　　　　　　　　　　　碧史

途中過燕岐'熊樹園' 곰나무동산

　異獸珍禽與共生　　名葩怪石重兼輕
　芳園風物窮幽賞　　天賜奇緣此一行

安眠島再泊 講退溪書 第三日 早發京行

　萬松蒼鬱午風生　　遊客逍遙步屧輕
　雨夜安眠神所佑　　長途炎靄好馳行

長夏 獨坐學舍 寫懷 八月 一日

　　諸生 諉以夏休 不至 且以受領政府支援研究費 從容以待云
　謾把詩書課後生　　世間功利亦難輕
　門庭冷落君休怪　　孔聖猶思桴海行

謾吟　八月 十五日　　　　　　　　　　石農

　　紅塵亂世寄吾生　　負戴長程任不輕
　　衰老如今纔放荷　　翛然更喜碧山行

晚登月淵臺　八月 十九日

　　落日淵臺月未生　　微風乍起葛衣輕
　　鳴蟬樹裏驅炎熱　　天末龍神降雨行

遊鶴灘　　　　　　　　　　　　　　竹夫

　　十里江邊芳草生　　清風嫋嫋拂衣輕
　　燕飛魚躍秋光好　　策杖逍遙處處行

秋夜望鄉

　　雨後山河秋氣生　　遙看鄉國夜雲輕
　　寓居京邑今多歲　　何日捲收歸去行

虛心順命

石如

老來多病道心生　富貴功名草芥輕
順命臨終如會意　不關何日上天行

徒步十里

殘命無餘萬感生　方知長壽不堪輕
老翁只願身康旺　徒步早朝十里行

宿風雷軒

止山

風雷素屋晚風生　夜臥心閑病骨輕
端谷遺香今尚在　慇慇庭宇遍流行

雲南紀行

絅人

七月十四日 早發香格里拉縣 午到金沙江虎跳峽 驚嘆其壯觀
乃吟一絕

身對寒灘浩氣生　奔騰磅礴白波輕
不知此水流何處　今古長江萬里行

九里新居 陽原

年前 江南開浦 移居城東九里市

阿旦山城初月生　市街奔走夜光輕
去開移九重過歲　王宿川邊獨步行

季夏即景 一誠

季夏蟬吟處處生　溪亭避暑午風輕
酒詩徵逐娛終日　明月松間伴我行

寄成均館大學生父母　韓文海大雅夫婦
同行石家莊隆興寺 西湖

善人一面友情生　千古觀音衣錦輕
瓦逕苔青落花白　他年攜手復同行

社會保障論脫稿之夜

炎天終盡夜涼生　脫稿心如一羽輕
忽覺慈親長老病　不眠乘曉故鄉行

伏中登臥龍山 海巖

臥龍山逕好風生　詩興滔滔心事輕
緊鎖眉間難得句　友朋來勸酒家行

白頭山天池 汝登

天晴地闊白雲生　信腳逍遙步步輕
欲向池邊周踏破　朝中劃境不能行

遊清溪山 厚卿

深入山中秋氣生　炎天探勝客心輕
不求捷徑悠悠去　唯願長途向上行

白塔詩社 第八十二回韻

二千十二年 十一月 一日 於博石峴飯店

新秋 示學舍諸生　　　　　　　　　　　碧史

　歲月忽忽太不情　前宵梧葉已秋聲

　孜孜日夕親燈火　學術文章各有成

秋日有感 再贈諸生

　綠樹鳴蟬似有情　秋風一過闃無聲

　紛紛不息枝間鳥　今日翩翩羽翮成

秋郊散策　十月十七日　　　　　　　　石農

　天高氣朗好風情　緩步溪邊聽水聲

　紅樹白雲秋色晚　郊頭一望喜西成*

　* 西成卽秋成

憶故友朴春卿 十月 二十日

老境同誰話友情　吾兄一逝寂無聲
泉臺他日相逢處　含笑依然舊好成

秋夜偶吟

竹夫

秋月鮮明更有情　階前蟋蟀管絃聲
江山依舊風光好　南北和平何日成

憶表忠寺舊遊

十里蒼松不俗情　藥山幽谷好禽聲
伽藍深窈無僧侶　客舍蕭條睡未成

大選政局有感

石如

經濟民主化

福祉國家當世情　解消貧富衆喧聲
頗多經濟危機說　候補三人學未成

野圈單一化

文安統合市民情　難色連帶皆歎聲
携手野圈單一化　政權交替所望成

歎現實政治

斷交南北十年情　回答延坪砲撃聲
當局權謀治世術　爲民政策一無成

我石軒秋色

火旺荻花無限情　勿溪流水古今聲
昌山山野盡黃色　我石亭園秋畫成

壬辰秋懷

止山

大選渦中濁世情　人人樹蠹自家聲
秋燈掩卷長嗟歎　國泰民安何日成

秋日卽景　九月 五日　　　　　　　　　　　　一誠

　　鳴蟬處處促秋情　窓外商風落葉聲
　　大野黃雲歌擊壤　愧吾七十一無成

東歐圈巡訪志感

　　自2012年9月15日至同月23日　夫婦同伴巡訪東歐5個國(奧地
利　匈牙利　波瀾　捷克　斯洛伐克等)　此諸國非但在個別的民
族和言語似是同一文化圈　而城郭　聖堂　廣場和風景亦是類似
的壯觀也

　　落日孤城感舊情　林泉處處鳥鳴聲
　　聖堂現世眞精美　千載遺傳藝術成

石北申光洙先生誕辰三百周年紀念
十月 十一日

　　木覓秋光別有情　恰如仙女唱歌聲
　　清談雅響生辰頌　石北賢孫玉樹成

晚秋 <small>十月 十四日</small>

楓林色色晚秋情　碧落高飛雁陣聲
逐鹿爭雄何所事　惟希強國泰平成

順天生態公園散策 <small>西湖</small>

順天浦口晚秋情　碧海蒼天一雁聲
蘆荻千疇波萬頃　何人此景畫圖成

江南樣式강남스타일 <small>汝登</small>

<small>此是歌手思異之歌謠題目 近來 世界人 歡呼合唱此曲</small>

馬舞猩歌湧俗情　環球到處喜歡聲
雖非雅正溫柔曲　慰悅人民大業成

夏雨 <small>厚卿</small>

炎天久旱若無情　窓外欣聽夜雨聲
山谷荒塵流滌盡　竚看澄澈鏡潭成

白塔詩社 第八十三回韻

二千十二年 十二月 廿七日 於博石峴飯店

憶孫友

碧史

節序居然屬立冬　寒風吹拂四山松
北天魚雁俱冥漠　太息情人不可逢

寄日本古屋昭弘教授 立冬日 作

昔年 余往日本 留東洋文庫二樓 過夏涉冬 與古屋昭弘君 日夕相從 君年少才銳 專攻中韓言語學 頗能詩 嘗贈余一絶句曰 終年書榭任優遊 壯志何徒在校讐 茶後偶談鄉國事 使人遙憶嶺南樓 余和之曰 西陸東瀛汗漫遊 平心不欲事恩讐 君詩喚我鄉關夢 萬里秋風雨灑樓 其後 君爲早稻田大學教授 留學於燕京 又以一絶寄余來 余至今未克和答 可愧也已

東洋文庫涉秋冬　六義園中撫古松
好待春風來我土　紅桃花下笑相逢*

* 我家有桃源亭故云

歲寒卽事 二絶

石農

蕭條萬木耐嚴冬　我亦忘機歲末逢
短日寒光南至近*　亂飛初雪掩青松

* 南至卽冬至

憀慄寒威已仲冬　蟄居終日斷遭逢
　　悲哉百物多衰變　只見庭前一老松

訪茶山先生舊居
竹夫

　　洌上清流無夏冬　苕川遊客往來逢
　　先生實學誰能解　寥落幽碑掩老松

歲暮清遊

　　瑞雪紛紛好是冬　親朋一座笑相逢
　　佳肴美酒清遊裏　奄冉西山日掛松

大選後
石如

　　保守執權春似冬　維新殘影又相逢
　　政情何故至於此　佇立西望冠岳松

無聊

　　病裏閑居耐苦冬　雪中人客少相逢
　　翁婆對坐歡談席　唯有盆栽一老松

松
止山

歲歲年年有冷冬　今兹愈甚酷寒逢
森羅萬物皆萎縮　落落常青獨此松

西湖曲
絧人

許松湖珽　孝宗時人　善歌曲　余用白塔詩韻　飜成一絶曰
西湖曲

西湖白雪値嚴冬　鶴氅漁翁月下逢
吾行宛是神仙想　願脫人間從赤松

西湖 눈진 밤에 달빛이 낮 같은 제
鶴氅 니미츠고(여미고) 江皐로 나려가니
蓬海(봉래산) 羽衣仙人을 마조 본 듯하여라

壬辰冬至後數日　崔君煐玉與約婚郞趙一濟
君來訪馬峴實學博物館　請余執禮　兹構詩
一絶 以頌其新婚
陽原

江村風雪做嚴冬　郞與溫如來一逢*
玩賞茶翁霞帖後** 懇祈壽福似喬松

* 溫如　崔煐玉之字
** 霞帖　霞帔帖　茶山先生於流配地 以裁婦人洪氏所送之霞帔
　　爲二子書警句 作帖 又有梅鳥圖

孟冬逢故友

一誠

寒梅冒雪綻嚴冬　木覓山中故友逢
銀髮飄飄相見笑　亭前蒼鬱老長松

大選翌日　登北漢山

西湖

年光又是酷寒冬　洗劍溪邊舊友逢
攜酒無言登曲路　雪中迎客後彫松

山下酒店送年會

海巖

徹骨寒波天下冬　文人繪畫友朋逢
相斟美酒請歌曲　一望前峰蘙老松

韓日兩國　於今冬選舉　皆保守派執權　有感

汝登

風寒雪冷正嚴冬　守舊回歸又適逢
若此苦難何以耐　持身願學後凋松

寒冬有感 厚卿

大氣蕭森入仲冬　北風寒雪奈相逢
山中草木多凋落　唯見青青百尺松

白塔詩社 第八十四回韻

二千十三年 二月 廿八日 於博石峴飯店

花亭公寓 中夜無寐 遙憶退里舊庄

一月 廿五日

碧史

層樓一室靄書香　曠野三宵澹月光
京國棲遑逾半世　夢魂長在水雲鄉

花亭夜坐 又題一絕 二月 十八日

案上幽蘭帶墨香　窗前寒竹拂燈光
此心安住清虛境　未必無何別有鄉

深夜 轉輾無寐 忽夢至雙梅堂 手撫梅花 旣覺 窗已曙矣 二月 廿五日

睡中鼻觀忽清香　起坐寒窗已曙光
第待嶺南風日暢　輕車便服好還鄉*

* 將以四月六日(觀善契會時) 爲還鄉計 故云

早春志感 二絕　　　　　　　　　　　　　　　　石農

　　解凍溪流玉水香　川邊柳眼待春光
　　三冬蟄伏吾無恙　何日尋花到故鄉

　　輕寒雪裏早梅香　霽後山河麗日光
　　啼鳥林中花信報　歸來青帝至南鄉

癸巳元朝　　　　　　　　　　　　　　　　　竹夫

　　案上寒梅吐暗香　東天瑞氣帶朝光
　　前宵魚夢年豐兆*　好運遍傳京與鄉

　　* 魚夢年豐『詩經』「無羊」章云 ‘牧人乃夢 眾維魚矣 大人占
　　　之 眾維魚矣 實維豐年’ 注云 ‘夢人乃是魚 則爲豐年’ 茶山
　　　‘陪家君同尋曹氏溪亭’之詩引之云 ‘魚夢識年豐’

初春卽事

　　獨坐樽前酒帶香　牛眠殘雪耀銀光
　　忽忽歲月已春到　何日往來南北鄉

哭勿號 鄭昌烈教授

知否茶研蘭芷香　相交實是卅年光
嗟君仙去淚沾袂　慟望白雲天上鄉

挽 鄭昌烈教授

石如

尚友從遊兩袖香　研鑽問學有輝光
究明甲午農民史　重闖水雲理想鄉

祈求冥福更焚香　一代幽明不朽光
連袂卅年回顧裏　他時相握白雲鄉

江南擇里

玳瑁山途松柏香　鶴灘流水月波光
移來擇里宜居處　競道江南是福鄉

立春日盆蘭初綻

止山

寂寞寒窓動暗香　可憐如許發春光
風塵斯世逢君子　獨對芳樽入醉鄉

雪寒 盆梅吐萼 喜吟一絶　　　　　　　　　　絧人

　　朝看梅枝發異香　　分明雪裏報春光
　　紛紛世事無寧日　　一室芬芳壽福鄉

頌茶山先生誕辰二百五拾周年紀念回婚
禮

　　與猶堂裏宴輝光　　文度祠前更奉香
　　回巹詩餘呈舞樂*　　霞帔遺帖頌全鄉**

　　* 回巹詩 先生終考數日前 所作
　　** 霞帔遺帖 回巹詩中 言及霞帔帖

輓熊川金光文先生　　　　　　　　　　　　一誠

　　忽忽登天剩體香　　醫林巨匠耀輝光
　　仁慈稟性逢何處　　跨鶴今朝入帝鄉

蘭亭一杯　　　　　　　　　　　　　　　　西湖

　　臘梅黃酒共生香　　鵝泳池塘竹影光
　　曲水蘭亭猶寂寞　　群賢雅集在何鄉

大慈洞 中部大學 工事 開始

　　風含南國草花香　　昨夜尤明殘雪光
　　伐木聲中群鳥噪　　幽人獨歎失仙鄉

咸亨酒店月夜　　　　　　　　　　　海巖

　　咸亨酒店臘梅香　　窗外池塘帶月光
　　醉後唱歌消鬱屈　　眞知此處是仙鄉

眞臘참보디아 吳哥寺앙코르와트　　　　　汝登

　　密林處處荔枝香　　巨殿森沉昭日光
　　習俗崇蛇同拜佛　　梵天毗濕眾神鄉*
　　* 梵天 毗濕 印度教主神之一

早春　　　　　　　　　　　　　　　厚卿

　　春來尚阻百花香　　窗外猶存殘雪光
　　緩步庭前吟古句　　朝陽方照道峰鄉

白塔詩社 第八十五回韻

二千十三年 四月廿五日 於博石峴飯店

四月六日還鄉 碧史

早發高陽寓廬 馳向密陽 午後 車中溫暖 仍成小睡 睡覺 則
已到鄉第矣

睡覺車中巾帽斜　京鄉千里抵吾家
年深園竹爭交葉　春暮庭梅已散花

翌日 脩契事於天淵亭 午後罷會 獨向西皋精舍 途中吟一絕

客散庭空晚景斜　又從西崦過人家
追思少日閒無事　獨坐池亭賦落花

到精舍 又吟一絕

曲澗疎林一逕斜　隔年來到似他家
依然慣眼雙蓮木　滿院春風爛漫花

省墓志感

石農

先山寂寞夕陽斜　塋下村隅我舊家
寤寐歸鄉終未遂　靈前告悔獻香花

重尋珠山書堂

書堂　近代名碩錦洲許埰先生講學所也　在密陽丹亭里競珠山
北麓泗水溪邊　近者頹落殊甚　不禁愴然懷舊之心

珠山石徑傍溪斜　隱見松陰掩古家
念昔錦翁薰育處　荒涼軒砌亂春花

春日謾詠 二絕

竹夫

大母松林日欲斜　詠歌騷客醉還家
因風散策春光好　道谷川邊一路花

遙望西天夕日斜　遊人作伴促歸家
老夫寒室思求是　獨對書丌見落花

憶四一九教授示威

石如

> 隊列先頭旗幟斜　叫囂彈劾獨裁家
> 吾邦報答學生血　從此艷開民主花

懷鄉

> 蕩漾春風南路斜　心馳千里故鄉家
> 衰翁又缺池陽契　遙憶前庭躑躅花

暮過秋風嶺記見

止山

> 遙望山村夕日斜　蕭條草屋兩三家
> 疎籬寂寂遊鷄犬　但見牆頭發杏花

別浦村居

絅人

余家浦村已三十年　養花卉栽蔬菜　眠食於此　讀書於此　今將
移居　不能無惜別之感　乃吟一絶

> 銅雀橋南楊柳斜　浦村一曲有吾家
> 起居卅載今將去　惆悵中庭看百花

春日有懷

一誠

習習東風細柳斜　春陰澹澹野人家
年年歲歲頭加白　飛去飛來春暮花

訪洪鍾善教授別墅

西湖

春山雨過白雲斜　柳色青青掩一家
日午夫妻栽野菊　迎人惟有玉梅花

訪平散洪鍾善教授洗然亭

海巖

清江一曲小蹊斜　十里垂楊別有家
借問田園何所樂　琴歌文酒友梅花

春日風景

汝登

暖日輕風細柳斜　飛飛燕雀訪誰家
賞春騷客尋詩料　閒聽禽聲又看花

白塔詩社 第八十六回韻

二千十三年 六月 廿七日 於碧蹄街路樹飯店

高陽湖水公園賞花 時 高陽人 開各國花卉博覽會 觀

客雲集　五月 八日　　　　　　　　　　　　　　碧史

名園萬綠映千紅　一路逶迤錦繡中

策杖逍遙仍覓句　任教華髮耀春風

學舍獨坐 感舊傷今 寫懷自慰 五月 廿日

少年征邁兩顏紅　今日衰容明鏡中

把酒時思燕趙俠　作詩多倣宋元風

實學博物館 有感 五月 廿三日

實學博物館 關于星湖之展示會 大書曰新開天地 星翁宇宙論
逈出今古 且已說破地體之球圓 而但不言地轉 蓋緣吾邦之閉
鎖阻絶 不免於天動地靜之舊見也

大地朝朝出日紅　尚云天體轉西東

星翁卓識超時輩　其奈身居暗黑中

深谷書院散策 六月 十五日　　　　　　　石農

書院在龍仁市水枝區上峴洞　而靜菴趙光祖先生妥靈之所也
余居其近隣公寓

綠陰芳草異花紅　布穀頻啼近藪中
深院寂廖閒步裡　先生慕仰想高風

日暮快走仁川大橋 六月 十八日

大橋 自仁川松島國際都市 至永宗島國際空港間 海上架設斜
張橋也 近年以尖端工法 竣工開通 近五十里之距離 其長爲
亞洲第一云 旬餘前 孫女兒自美洲歸國時 往空港 有橋上快
走之事

西海茫茫夕照紅　斜長一路架空中
馳車水上如飛鳥　滿目滄波舞晚風

夏日偶吟 二絕　　　　　　　　　竹夫

五月薔薇十里紅　高飛燕子頡頏中
居然節序成炎夏　南北何時起好風

雨後靑山躑躅紅　綠陰芳草霧烟中
老夫何日身無恙　處處逍遙喫好風

六·二五六十三周年斷想 二絕 石如

屍山血海戰塵紅　同族相殘惡夢中
統一關門何處在　當今最是解冤風

六月江山錦繡紅　尚今南北抗爭中
民人所願和平國　何日吹來統一風

有懷

病老一杯雙頰紅　餘生何事醉醒中
挽回昔日青雲志　遠紹千秋我石風

街頭夜景* 止山

少年頭髮染桃紅　酗酒喧騷滿巷中
學府街邊應肅敬　如何失道沒狂風

* 弘益大學校前

遊中國廣州 訪中山記念堂

綱人

堂在孫中山總統府舊址 昔年晩觀申圭植 以上海臨政代表 來
訪孫總統 協議我國獨立支援事 其後 心山金昌淑亦來此 有
協議事 今到此處 感舊而作

五羊城外夕陽紅　傑閣高堂入眼中
心晩兩翁來到處　晚生今日仰英風

遊華陽九曲 六月 四日

一誠

行路迢迢百日紅　奇巖怪石映潭中
清溪九曲猶仙境　美酒三盃向晚風

七旬生朝自述 六月 七日

墙角薔薇朵朵紅　弧辰重値古稀中
老妻二女佳筵設　更切思親樹上風

春暮大慈洞獨酌

西湖

綠陰深院蜀葵紅　胡蝶隨香群舞中
禽鳥清歌勸黃酒　紛紛花落暮春風

北漢山散策 海巖

　　暮春山谷百花紅　流水聲喧亂石中
　　獨步深林吾自樂　鳥鳴松上夕陽風

北漢山新綠 厚卿

　　小蹊處處謝殘紅　山色渾然軟綠中
　　石上逍遙松下憩　充然天地是薰風

白塔詩社 第八十七回韻

二千十三年 八月 廿九日 於碧蹄街路樹飯店

遊京中 午後 將歸郊居 馳車過幸州城下
回看漢江 全無人影 有感而作　　　碧史老生

　長日晚從京邑歸　　古城東畔草菲菲
　漢江千古無人管　　一任青天白鷺飛

憶昔

夜坐無寐 憶余兒少時 西皐書社述作從遊事

　憶昔冠童共詠歸　　西園隨處賞芳菲
　湖山冷落聲光遠*　夢逐東風蛺蝶飛

* 兒時師匠及同學先後輩 並皆喪逝 已久

憶先亭納涼　　　　　　　　　　　石農

每年盛夏 吾宗中務本會行事罷後 宗老若干人 見招於月淵亭
今是堂 兩所 留宿三四日 而納涼消暑矣 然昨今兩年 是事中
止 不禁悵望

　避暑先亭我亦歸　　紫薇瑤草競芬菲
　涼軒岸幘天眞樂　　落日江風雨脚飛

午夢訪舊廬 八月 二十日 作

丹丘故里夢中歸　寂寞荒廬雜草菲
睡覺不禁離索恨　南天遙見片雲飛

秋日謾詠

竹夫

秋日長空候雁歸　郊原物色尚芳菲
金剛山又何時見　遙望關河雲霧飛

新拉納克New Lanark

石如

遊客感歎全忘歸　蒼生救濟意芳菲
歐文實驗雖中斷*　於此未來希望飛

＊ 歐文 羅伯特 歐文 Robert Owen

英國地端Lands End

落照炎炎沈下歸　地端風物又芬菲
海天一色紅霞裏　萬頃金波白鳥飛

王昭君

止山

一去宸宮永不歸　死留靑塚草菲菲
琵琶未遣生前恨　夜夜孤魂向漢飛

和順赤壁

陽原

五月二十七日　實學者後孫會(實學剤밀리)　行先賢遺蹟踏查
第一日訪磻溪書堂茶山草堂　第二日　尋和順　圭南河百源博物
館　道中觀赤壁

川流何處是眞歸　松柏蒼然風物菲
勿染亭前黃鯉躍　淸江赤壁白雲飛

癸巳夏吟

一誠

觀離散家族相逢事進行過程

鄉里迢迢夢裏歸　園林美茂草菲菲
分離痛恨誰能解　南北時時有雁飛

一望 內蒙古草原

西湖

牛馬黃昏無意歸　接天荒野草芳菲
此中自顧吾何樣　快走凉風白髮飛

平遙古城客棧夜

　　雲過簷間明月歸　　瓦盆花草自芬菲
　　佳人酌酒歌相勸　　燈下紅帷如舞飛

訪王昭君遺蹟地　　　　　　　　　　海巖

　　胡主迎妃嬉舞歸　　平原萬里草菲菲
　　麗人落雁曾何日　　獨也塚青孤鳥飛

過長鬐邑城　　　　　　　　　　　　汝登

茶山「鬐城雜詩」有'村人猶說宋尤庵'之句　今長鬐初等學校
內　尤庵茶山兩賢事蹟碑　相望兩立　長鬐面民不論色目黨派
眞率敬慕兩先生

　　霎霎清風捲雨歸　　城前青草正芳菲
　　邑民不忘先賢德　　紀蹟豐碑勢若飛

白頭山天池　　　　　　　　　　　　厚卿

　　山高水積雨龍歸　　風勁天寒草濕菲
　　翠碧深淵藏太古　　忽來忽去白雲飛

白塔詩社 第八十八回韻

二千十三年 十月 卅一日 於博石峴飯店

夜坐憶孫友

碧史

積阻山川不可逢　北天廖廓有歸鴻
名文卓說尚留篋*　更向燈前閱始終

* 孫友有還穀問題之大作　余自日本東洋文庫複寫而來者

白塔詩社席上 示諸友

古宮東畔笑相逢　列坐排行似雁鴻
老矣不關塵世事　佳詩旨酒樂無終

記夢

十月十四日之夜　夢旗田巍　西嶋定生　田中正俊　三氏　同伴來訪　余驚喜執手　方欲就座　忽欠伸以覺　昔余之自日本還國也　右三氏　開餞別會于上野之韻松亭　田中氏先書'惜別'二字　以示余　臨別之際　旗田　西嶋　兩氏　執余手而不忍相捨　余深感其情誼　其後　余不復作東行　旗田氏先逝　西嶋氏歲暮寄余短信　有'殘松夕暉'之語　悽黯之色　溢於紙面　余答以'殘松迎春作茂樹　夕暉經夜昇朝旭'十四字　未幾　西嶋氏訃至　田中氏亦不久而終　上野之別　竟作千古故事矣　撫古傷今　聊題一絶　以自解

上野諸賢夢裏逢　覺來都是化冥鴻
殘松已死夕暉沒　遐壽令名那有終

南北離散家族相逢之約 竟歸霧散 有感而作

石農

今年秋夕 以南北合意 有離散家族相逢行事之約 然施行四日前 依北韓側一方的延期通報 竟至破棄

血肉緣何不可逢　高飛越境有歸鴻
人間倫理竟難背　南北從今禁斷終

重憶亡弟 而勗

故山長臥更難逢　忽見秋空舞一鴻
疑是現形遊此世　看雲別恨幾時終*

* 杜甫'恨別詩'中 有'憶弟看雲白日眠'之句

南北離散兄弟相逢不成 志感

竹夫

離散同胞尚未逢　寒天遙望有歸鴻
之南之北音書絕　何日吾邦分斷終

白社雅會

佳朋隔月定相逢　恰似情懷雁與鴻
詩酒一堂酬唱裏　居然日暮興難終

近年秋　與張世胤等諸友　訪中國黑龍江
省慶安縣大羅鎭靑松嶺　拜許亨植[*] 將軍
犧牲地之碑

石如

　荒野一隅碑石逢　英雄已逝但哀鴻
　將軍本是朝鮮族　先烈賞勳尚未終

＊ 許亨植(本名 許克) 朝鮮族 中共黨員 歷任抗聯第九軍政治
部主任　第三路軍總參謀長等　1936至1942年率領抗聯部隊
在慶城巴彦一帶與日本侵略軍作戰 1942年8月2日 於靑松嶺
戰鬪中　不幸中彈身亡　是年33歲　一代抗聯名將　英年早逝
功載靑史

南行列車中記見

絅人

　湖中景物隔窓逢　萬里秋天雲外鴻
　平原無際乾坤闊　千載吾邦一始終

秋景

一誠

　錦繡秋光與友逢　丹楓野菊伴飛鴻
　自然變化天公事　造物如何有始終

登碑峯 西湖

漢水臨津西海逢　碑峯松岳往來鴻
紅浮萬頃江華浦　夕照侵盃興未終

茶山生家

千谷溪流洌水逢　夕陽天外兩三鴻
雲山遠寺鐘聲盡　追慕先賢談未終

晚秋有感 海巖

南北漢流兩水逢　江邊蘆荻落孤鴻
佳人勸酒難成醉　遲滯論文何日終

晚秋 厚卿

三角丹楓今日逢　晴空隨處有飛鴻
南窓透月幽情足　靜聽玄琴曲未終

白塔詩社 第八十九回韻

二千十三年 十二月 廿六日 於博石峴飯店

花亭晚坐 忽記得癸未—九四三年仲冬 投宿雲
住庵時事 聊題一絕 十二月 七日　　　　　碧史

　節序居然屬仲冬　北風吹澈四山松
　寒窓忽憶雲庵事　手把詩篇聽暮鐘*

* 時余携唐詩一冊 投宿庵中故云

追懷少日西皋讀書時事 十二月 十七日

　寂寂西皋春復冬　四圍脩竹與蒼松
　十年風雪寒燈下　獨對陳編到曉鐘

歲寒志感
　　　　　　　　　　　　　　　　石農

　白雪紛紛已盛冬　北風凄冷萬山松
　蟄居老物誰存問　短日西傾聽遠鐘

郊外雪景

霜風寒慄屬嚴冬　雪裏青青竹與松
萬木銀花塵外境　祇林何處響疏鐘

歲暮望鄉

竹夫

京邑寓居今幾冬　雪花銀色覆青松
遙看南國閑鴻影　嶺外寒山響暮鐘

歲暮雅會共賦

歲暮風光已晚冬　階前瑞雪掩孤松
親朋終日相酬樂　村酒斜陽更一鍾

歲暮歸鄉

石如

勿溪滾滾耐寒冬　依舊王山鬱鬱松
桑海鄉村無一友　紛紛雪裏遠聞鐘

大字報

艱難政局入深冬　却喜學生如茂松
揭示百方書字報　安寧問世若晨鐘*

* 近來少輩間揭示安寧二字　廣播一世

題秋史歲寒圖　　　　　　　　　　止山

蕭蕭白屋耐嚴冬　孤立寒庭老栢松
此是阮翁心內象　身居配所志洪鐘

冬至吟　　　　　　　　　　　　　一誠

雪後寒梅向季冬　風前落落老雙松
生涯七十如流水　送舊迎新聽夜鐘

於蕩春臺酒店　　　　　　　　　　西湖

寒雨蕭蕭催季冬　煙消窗外見青松
三盃濁酒消塵想　日夕洞天聞遠鐘

聽暮鐘

　　白雪寒風天下冬　庭園處處老青松
　　寥寥皓月高樓上　送舊迎新聽暮鐘

冬夜 厚卿

　　鷄龍齋室過殘冬　白雪紛飛落落松
　　端坐三更靈籟寂　山中何處響寒鐘

白塔詩社 第九十回韻

二千十四年 二月 廿七日 於博石峴飯店

夢中還鄉 一宿西皐精舍 覺後作 二月十七日 作

碧史

蒼松翠竹擁雲烟　竟夜琮琤枕下泉*
最是夢魂長往處　藍湖之上崒山前**

* 枕雨泉 在西軒下
** 崒 去聲

翌日 獨坐學舍 有作

糜職求名混俗煙　平生翹首向林泉
殘年流落京郊外　終日頹唐書架前

與學舍諸生 遊原州香草農園 午後韓率*
美術館觀覽

嶺西一境好風煙　香草園中浴熱泉
最是大松名品展　宏墻傑閣儘無前

* 韓率 寫以漢字者 其原義爲大松(한솔) 石墻水閣 無前大建築也

訪江華傳燈寺

石農

高麗忠烈王妃貞和宮主 以玉燈一座 施主於此寺 以來近千年傳
之 寺名因此也 背後有山城 其形如鼎足 一名三郎山城

千載傳燈繞瑞煙　山城鼎足好雲泉
整襟倦客清香裏　合掌金堂主佛前

長花村望海上落照

長花村 江華島西南端海岸里名 轍近仲兒之所營會社 在其里
山麓 一山莊買入改修後 爲社員休養處

落日西天五色煙　海村返照映林泉
山莊改構來觀處　江島風情皆眼前

憶百潭寺舊遊

竹夫

百潭古寺遠塵烟　溪谷清流出石泉
先覺卍翁何處在　孤高塑像立庭前

追懷金剛山舊遊

海金剛畔繞雲烟　深壑奔流出澗泉
太古神工移此地　何時一統展吾前

會飲

石如

會飲山村起暮煙　陶陶一席酒如泉
笑談終日興無盡　顛倒醉眠空甕前

聞南北協商妥結報道

喜報轉移如燎煙　心同渴驥共奔泉
和平錦繡三千里　統一無疑在眼前

又聞統一準備委員會新設報道

隔歲離愁消若煙　民人歡悅似奔泉
一言大博傳宣後　統合山下在眼前

歲暮有感

西湖

鄉家歲暮餅蒸煙　依舊竹林清味泉
老母加療遙海里　迷豚數望戶門前

北漢山僧伽寺　　　　　　　　　　　海巖

山寺初春雨後烟　苔巖松下湧甘泉
老僧連打梵鐘裏　無限風光開眼前

春日　　　　　　　　　　　　　　　厚卿

道峰山下繞雲烟　松竹林中湧石泉
案上古經溫繹坐　夜來明月到簷前

白塔詩社 第九十一回韻

二千十四年 四月 十四日 於博石峴飯店

與學舍諸生 出遊汝矣島 四月一日

碧史九十翁

綠堤萬樹一時花　接踵磨肩觀客多
共說今年春色早　夜來風雨更如何

遊江華島高麗宮路 四月九日

舊宮街巷滿開花　杖屨逍遙感興多
斜日歸途君莫促　年華荏苒奈春何

學舍獨坐 追懷昔日西皐諸友 四月十六日

憶昔西園共賞花　三春佳節唱酬多
如今寂寞京郊外　獨對殘編意若何

春日郊外即事 石農

　　日長風暖散梅花　雨後平原綠草多
　　鳥囀林中村舍靜　簷前燕子未歸何

訪密陽阿娘祠

　　娘祠影幀獻春花　傳說幽篁尚頗多＊
　　歲歲鄉人追慕處　貞魂寂寞不歸何

＊ 祠之右竹林中　有阿娘遺趾短碑

春日 二絕 竹夫

　　清漢江邊十里花　賞春遊客往來多
　　鳶飛魚躍風光好　策杖逍遙問若何

　　春深到處萬千花　雨後江邊草色多
　　詩酒親朋開宴席　飛觴醉月更如何

歎老 石如

　　纔見開花忽落花　流年疾速感懷多
　　崎嶇八十總如夢　少小雄心今在何

南海災難有感

海中散沒未開花　家國將來損失多
免責圖謀當局者　後人評價果如何

早春登山途中

對山

巖隙叢開小小花　坐看細細感歎多
人間智巧病天地　無盡生機今若何

痛歎南海覆船事

三百少年顏似花　生機潑剌笑音多
瞬間變作水中鬼　痛哭聲高將奈何

師任堂草蟲圖

絅人

遊蜂飛蝶與奇花　種種堪憐趣味多
俱極精微應入妙　奪天造化法唯何

春吟
一誠

　　二月芳園早發花　　東風一夜綻紅多
　　自然異變由人力　　孰怨誰尤無奈何

龍曺峰 酒席
西湖

　　黏綴周圍躑躅花　　龍門山岳綠雲多
　　一杯濁酒歌聲好　　其奈黃昏臨近何

春山有感
海巖

　　三月東風滿發花　　溪邊松下麗人多
　　莫辭一盞清香酒　　動盪詩情吾奈何

弔義人朴智英
汝登

義人 旅客船'世越號'之下級女性乘務員也 當船之倉猝沈沒也
義人不顧生死 急脫救命服 以與年少學生輩 盡力救助許多生
命 然自身未能脫出 與船同沒 享年二十二歲矣

　　不意芳春早落花　　胸中怨恨亦云多
　　人皆切痛祈冥福　　奉養慈親將奈何*

　　* 義人 爲奉養老寡母 休業於大學 而入海運社云

白塔詩社 第九十二回韻

二千十四年 六月 廿六日 於博石峴飯店

郊居 暇日午後 閑坐　　　　　　　碧史九十翁

　　春餘連日雨霏微　　不見花階蜂蝶飛
　　籬外忽聞尨也吠　　鄰婆應自市門歸

初夏病起 憶西皋精舍

　　倚杖臨門氣力微　　殘花隨處逐風飛
　　遙憐皋下讀書處　　新綠滿庭鶯未歸

又

　　少年佳夢尚依微　　欲逐鯤鵬萬里飛
　　牢落一生京洛裏　　故園何日束裝歸

首夏 長華山莊 消遣 二題 六月十八日作

山莊 仲兒所營會社之休養所 在江華郡和道邑長花里落照村

石農

海邊散策

　　海岸松林石逕微　浪花翻弄白鷗飛
　　水天一色雲煙外　帆影隨風帶日歸

林中苦吟

　　蒼翠林間暑氣微　好禽見客忽驚飛
　　清陰覓句消終日　未得佳詩自歎歸

時嘆

竹夫

　　人心危殆道心微　六月南天霧雨飛
　　又值國家多事日　何時改革正常歸

夏日謾詠

　　遙看水國霧烟微　回首北天孤雁飛
　　節序居然春易夏　江南又恐早炎歸

川邊濯足

石如

　　良才川谷午風微　春盡江南柳絮飛
　　一帶鶴灘依舊好　老翁濯足暫忘歸

坐竹月軒

對山

　軒在善山洛江邊　吾婦家先亭也
　　檻外長江映翠微　沙頭白鷺互輕飛
　　斜陽舟冉田疇暮　饁婦携兒促步歸

謁卍海祠

止山

　　洪州六月午風微　卍海祠庭塵不飛
　　公約三章留刻石　回光未見竟長歸

盆唐春日

絅人

　去年初夏　移居盆唐新都市　古廣州府藪內村地　高層公樓　非
　余所自安　實謂形勢不得已　此處風光亦不無可取　逢春暖　乃
　吟一絕
　　藪內川邊煙樹微　春風芳草柳絲飛
　　滿眼高樓林立處　遠望天際白雲歸

春日遨遊 一誠

野馬浮游遠樹微　紛紛蜂蝶近人飛
芳樽鮮菜同沈醉　詩客聯襟帶月歸

頭陀淵 非武裝地帶 思戰歿兵士 西湖

春暮山林人跡微　木蓮花落彩禽飛
雷田野草青如染　應是故鄉魂未歸

炭川酒筵 海巖

初夏山青夕照微　川邊無數落花飛
閑談月下相斟酌　深夜吟詩舞蹈歸

讀潘佩珠『自判』 汝登

『自判』是越南獨立運動家 潘佩珠(1867～1940)之漢文著述
也 潘佩珠 抗佛革命鬪爭 三十年之始末 是『自判』其序文有
"嗟乎 余之歷史 百敗無一成之歷史耳"之語 其哀痛慘怛之
意 亦可想矣

自判謙言正隱微　奉公行義快如飛
越南光復誰之力　轉敗爲成理所歸

白塔詩社 第九十三回韻

二千十四年 八月 廿九日 於實是學舍

與實是學舍諸少友 遊江陵　七月十七日

碧史九十翁

又作東州海上遊　滄波萬頃滌塵愁
烏軒寂寞松亭廢　惟有舊衙光澤流*

* 舊官衙建物 以古蹟被修理 照耀一城

江陵舊懷

憶曾山海藉遨遊　鏡浦清風破旅愁
今日重來懷舊伴　蕭條人事涕雙流*

* 余屢遊江陵 而前後同伴而來者 如金丘庸 崔珍源 及李基白
李光麟諸氏 舉皆作他界人 余中夜追思 不覺垂涕

石農次子熙在君　說置一樓閣於江華海曲 要我一行來遊 余病不得踐約 以詩一絕爲謝　八月二十七日

江華名勝適清遊　臥負佳辰可耐愁
賴有君家賢父子　他時一夕享風流

嘆老身不能外遊　八月二十一日 作　　　　　　石農

暑退涼生欲漫遊　老衰未遂暗生愁
何時異國觀風物　漸弱吾身歲月流

過沂回松林志感　七月二十七日 往密時作

松林 在密陽山外面沂回里雲門川邊 數千株長松林立 亘十里
蒼蔚 盛夏遠近觀光客雲集 近者當局指定避暑休養地

十里松林憶舊遊　清漣濯足破塵愁
今年過此停車望　滌暑人波漾碧流

懷鄉　　　　　　　　　　　　　　　　　竹夫

半百年間京邑遊　學無成果起鄉愁
山東載藥今依舊　一帶凝江滾滾流

勿溪　　　　　　　　　　　　　　　　　石如

連休率眷作南遊　高速驅車消病愁
故里人心桑海變　勿溪依舊水漫流

訪加里旺山谿谷 在平昌旌善之界　　　　　　對山

勝地林泉作逸遊　從茲一滌世間愁
穿行翠綠清聲裏　忘却人間歲月流

遊覽旌善山水歸京師

長夏桃源旬五遊*　歸來俗世便生愁
紅塵萬丈紛囂裏　尚覺東江耳畔流

＊桃源旌善古號之一也

遊杜甫草堂　　　　　　　　　　止山

杜甫耆年此地遊　紛紛庶事日縈愁
草堂新築如原貌　花徑尚存歲月流*

＊杜甫在草堂時作 有'花徑不曾緣客掃 蓬門今始爲君開'之句

無題　　　　　　　　　　　　　一誠

錦繡江山可愛遊　行尋處處足忘愁
人生百歲誰長健　木覓松靑洌水流

七谷花甲記念馬羅島旅遊 西湖

馬羅涯岸夜深遊　消散平生半百愁
香酒鮮魚相與勸　海中明月助風流

細雨中 登錦繡山淨芳寺

錦繡山川冒雨遊　淨芳古寺一消愁
此中可忘紅塵事　雲外滄江如畫流

善山(一善)金氏 濟州宗親庭園酒宴

八月 十二日 海巖

濟州宗族始同遊　香酒一杯消萬愁
先祖行藏談不絕　海天明月逐雲流

北海道 有感 汝登

札幌層雲信馬遊*　山高野沃散塵愁
蝦蛦古族今安在**季世無情歲月流

　* 札幌 層雲谷 北海道內地名也
　** 蝦蛦 日人蔑視此地先住民之呼稱也

白塔詩社 第九十四回韻

二千十四年 十月 卅日 於博石峴飯店

新秋述懷

碧史九十翁

雨過郊墟涼意生　通宵喞喞草蟲鳴
今秋未有還鄉約　一任凝川舟楫橫

高陽秋夕 憶退里宗宅舊第

先兄歿後 長姪文伯亦早逝 其姪兒康五入承宗統 然流寓都市
不守故宅

每當令節感懷生　廣宅人空鳥鵲鳴
最是祠堂門寂寞　衰顏不覺淚交橫

遊京中 晚歸有作

聞書肆 有新刊少壯人士漢詩選集 余適過仁寺洞 求見之 其
冊子粧飾美麗 而詩皆荒唐 無一句可取者 所謂師匠號某 作
序文 而其文 亦拙澁 不成文理 余一笑而起 鋪主 強以一冊
要余持去 余不得已受之 日已晚矣 馳還郊寓

新詩成冊有諸生　今日何人號善鳴
一笑馳還江北路　幸州城外夕陽橫

憶亡弟月民 二絕　　　　　　　　　　　　石農

天涯悵望白雲生　一雁孤飛失路鳴
吾弟如今何處去　幽明忽異涕零橫

今夕秋風冷氣生　空庭廖廓早蛩鳴
看雲步月思君貌*　泣送泉臺一夢橫

　* 杜甫恨別詩 有思家步月清宵立 憶弟看雲白日眠之句

秋夜無寐吟一絕　　　　　　　　　　　　竹夫

蕭條秋夜冷風生　階下陰蟲切切鳴
獨酌空齋懷舊友*　居然窗外月光橫

　* 舊友 茶山研究會同志 如金敬泰 鄭允炯 金晉均 鄭昌烈 朴
　贊一諸氏 今皆作他界人

憶巨濟島舊遊

茫茫大海碧波生　五月蒼空鷗鷺鳴
巨濟人心淳厚好　長天一角暮雲橫

故鄉秋景　　　　　　　　　　　　　　　石如

歸鄉病老可憐生　蕭瑟寒風楓葉鳴
遙見野中人影少　秋天火旺峻峰橫

美國民眾數十萬　以促求地球溫暖化防
止策 大聲示威 且觀今者列強首腦輩 不
顧人類存亡問題 各執自國利益　相鬪不
已 慨歎而有作
對山

　巧慾勝天災異生　人還由是自悲鳴
　愚哉列國治民者　覆沒船中交劍橫

訪考亭書院舊址
止山

　晦翁在此送餘生　講學論經信善鳴
　今日蕭條唯石牓　蒼天數片白雲橫

炭川晚秋
絅人

　夜來風雨感懷生　落葉繽紛蟲自鳴
　閒步川邊人跡少　長天萬里雁飛橫

秋吟
一誠

　野鶴閒雲逸興生　商風颯颯草蟲鳴
　豐登穀果民皆樂　門外迢迢漢水橫

臥龍山麓 出勤之路 西湖

　　曲徑雨晴嵐氣生　深林處處彩禽鳴
　　秋花滿發迎行客　幽靜苔泉樹影橫

秋日 北漢山家

　　蕩春臺麓錦楓生　山舍柴籬賓雀鳴
　　半白閒人斟濁酒　窗前黃菊一枝橫

登武夷山 海巖

　　武夷山頂好風生　江畔楓林一鶴鳴
　　九曲傳言晦翁事　曼亭峰上夕陽橫

白塔詩社 第九十五回韻

二千十四年 十二月 廿六日 於博石峴飯店

畫夢 至退里舊第 點檢梅竹 二絕　碧史九十翁

於實是學舍 十二月 十九日

萬松蕭瑟北風寒　清晝薰爐一室閒
乍捲陳編成小睡　片時歸夢到家山

雙梅當戶吐香寒　萬竹連墻拂影閒
夢罷猶疑還故第　驚看飛雨灑京山

憶西皐故友 裵宅基 李稹等

幾年經暑又經寒　飲水讀書長日閒
京洛風塵吾獨在　白頭南望舊雲山

蛇足一首, 十二月二十二日

歲暮卽事 二絕 十二月十九日 　　　　石農

雪後陰風不耐寒　房中蟄伏亦心閒
忽忽歲底無他事　天末看雲憶故山

憀慄身心老更寒　空齋靜坐樂餘閒
紛飛玉屑風刀冷　銀色乾坤掩四山

寒齋讀書 　　　　竹夫

居然節序至冬寒　歲暮京華風物閒
獨坐書齋聊好讀　遺經一句重於山*

* 閒中讀論語 至'吾黨之直者異於是 父爲子隱 子爲父隱 直
在其中矣'之句 感歎而作一絕

言路疏通 　　　　石如

十侍戲權政局寒　百官緘口悉偷閒
何時民意下通上　安置國家如泰山

江村留別 　　　　對山

索蕭江村落日寒　長空寥廓白雲閒
君今萬里遷他國　使我頻瞻山外山

望北漢山
止山

屹立依然耐歲寒　冬天戴雪却安閒
飛潛動植皆藏蟄　獨有堂堂北漢山

擬冬至踏雪登漢挐山
綳人

窮陰漠漠朔風寒　皎皎平原宇宙閒
雲外青天何處海　斜陽四望更無山

與仁洲李教授
陽原

仁洲送米北風寒　退里名家日月閒
縱若屈伸居處狹　滿廬薰氣似依山

思連伊林陰路　從友散策
西湖

至月耽羅猶未寒　清風林路得心閒
君携白酒余持酌　漫步無關日掛山

登白鹿潭

漢拏高頂臘風寒　看望瀛州心自閒
將勸一杯遊白鹿　夕陽催下此神山

訪葉問堂*

海巖

武林寺院臘天寒　夕照池塘亭影閒
梅上禽鳴如待主　生徒師匠在何山

* 葉問(1897~1972) 武林高手 李小龍 黃飛紅 等 師匠也

三通俱樂部

汝登

'三通俱樂部' 成均館大學 漢文學科 學習小組 而其'三通'
則能通漢文 又通中文 亦通日文也 近者 新聞紙上 連日特書
人文學科之存廢危機 而我與諸生 將欲以'三通' 突破此難關
矣

漢學諸生耐歲寒　惜陰研讀自難閒
三通孰謂便宜事　欲效愚公運巨山

白塔詩社 第九十六回韻

二千十五年 二月 廿六日 於博石峴飯店

憶西皋精舍

碧史老生

自我西遊逐世情　西皋永絕讀書聲
清流脩竹蘭亭勝　只冀年年契事成[*]

　* 自余就職于都市 精舍閉鎖寂寞 但每年春夏之交 擇一日 鄉
　人士 來會於精舍 修契事而已

追悼故友斗梅兄 朴智弘 두매 징금다리

晚境相逢太不情　幾年湖海阻音聲
平生國字費思索　積薰堆床功未成

　* 斗梅 自小嗜酒 或醉過三日 余頗譏諷 晚年忽自奮 曰吾從
　今誓不與碧史通問 自草梁移居于梁山 金海 釜山沙下等地
　閉戶研索 五年而歿 生前 無一刊行物 只有積薰 歿後數年
　賴其子弟輩補完 僅得幾種著書

郊居冬夜述懷

郊居不識野人情　獨夜惟聞蟋蟀聲
欲構新詩酬宿債　風神索漠句難成

詩集刊行後志感

石農

今年正初 余之漢詩集 『晚歲餘情集』 出刊

嗟余晚景掇餘情　頒帙都無好惡聲
自愧平生詩韻拙　更知風雅故難成

病餘舊正過歲

已往新正隔月情　又聞今日德談聲
老身久疾何求福　只冀家邦好事成

京邑寓居述懷 二千十五年 二月 四日

竹夫

今宵明月更多情　清漢江流滿耳聲
京國優遊過半世　吾身已老學難成

無才無能

石如

步月炭川却有情　遙聞汩汩鶴灘聲
江南清夜作奇景　只恨無才詩不成

讀退溪集有感

對山

毫分縷析性心情　東國當年理學明
若使溪翁達仲晦　吾邦道德別途成

遊桃花潭

止山

桃花潭水頗多情　似聽當年歌舞聲
李白汪倫相別處　緣其故事自蹊成

附 李白詩 贈汪倫

李白乘舟將欲行　忽聞岸上踏歌聲
桃花潭水深千尺　不及汪倫送我情

乙未元旦

絅人

一樹盆梅開　窗前鴉鵲聲
舉杯傾煖酒　共祝所望成

冬吟

一誠

雪裏梅花別有情　長天一任雁鴻聲
空消日月詩何作　後世英才願玉成

庭訓

　詩禮傳家父祖情　誠心學問子孫聲
　凡民獎勵欣同樂　萬事亨通壽福成

前月 同厚農 七谷 等 南道遊覽　　　西湖

　湖南千里靄春情　山麓竹林風樂聲
　廣闊麥田青錦舞　吾遊興趣十分成

從厚農兄　散策於海南達磨山

　南道山林無俗情　青青冬柏落花聲
　空閒細路微風止　步步從君三昧成

城北溪谷散策　　　海巖

　紅梅香氣綻春情　遠近松林蜀鳥聲
　月印清泉魚不睡　洞天初夜畫圖成

國立臺灣博物館 有感

汝登

臺北有'國立臺灣博物館(臺博)'與'國立古宮博物院(古博)' 但以名稱論'臺博'宜當重要於'古博' 然其規模與位相'臺博'不及'古博' 不可同年而語 '古博'觀覽客 恒成人山人海 而'臺博'閑散無人 只有高山族原住民自願奉仕者 無聊看守民俗展示品

高山樸俗近眞情　狩獵耕漁發野聲
千古主人猶失位　臺灣國體正難成

白塔詩社 第九十七回韻

二千十五年 四月 卅日 於實是學舍

冬夜

碧史

　　陰蟲四壁到天明　病客通宵夢不成

　　却憶前人嘲笑語　獄中雷睡是豪英

四月四日還鄉 二絕 陰曆二月清明節

　　還鄉時節屬清明　四面江山畫障成

　　沿路風光吟不盡　如從芳物嚼華英

　　踰領橫江一路明*　懷鄉詩律幾篇成

　　今年又復歸家晚　只向庭梅拾落英

　　* 嶺竹嶺 江洛東江

西皐亭舍修契後獨坐述懷

　　風和深院百花明　水活方塘一鑑成

　　好在青青籬下菊　今年重到摘秋英

訪紫巖書堂有感 二絶 石農

書堂 近代嶺南之名碩 小訥盧相稷(1855~1931) 先生 講學處
也 先生歿後 書堂自廢 其子孫亦散居外地 堂宇漸頹 一境荒
涼 多年放置 故見者不禁悵然矣 近來 先生之孫盧在晃朗如
教授 停年退任后 審察祖業 不勝感慕之餘 樹舊蹟補修之計
云

讀書當日紫巖明　堂宇荒涼草莽成
訥老薰陶遺蹟在　誰知是處養群英

有恨賢孫更眼明　羹牆祖業事期成
百年陳迹重修日　私淑先生記育英

春回 竹夫

谷風習習日光明　萬古江山一色成
田畯春回東作起　路邊百卉已含英

聞美日軍事同盟締結報導 石如

美中角逐已分明　圍繞極東冷戰成
南北合心爲統一　圖謀護國養群英

賞花
止山

桃紅李白四天明　賞客充街人海成
只恨無情春忽去　蕭蕭此地落華英

登北漢山
陽原

蕩春臺上百花明　城石下都廈海成
何使美軍擔國策*　斜陽自嘆望雲英

* 政府使美軍將星　司我六十萬國軍之戰時作戰指揮及戰爭決
定權　此事世界所無

登一枝庵
厚農

夜雨未終天不明　春濃山麓綠陰成
步輕心樂追懷古　濕徑空虛紛落英

望春齋 雅會
西湖

研究室後面擁壁 爲連翹林 春來 黃花滿窓

斜陽書室不華明　望外連翹壯觀成
佳友一杯同醉夢　月光皎皎照華英

獨步 玉流洞

清晨雨歇日光明　千萬垂楊綠染成
念念同君攜手步　洞天流水亂梅英

望春齋

校庭風暖日華明　處處百花圖畫成
雅會年年望春室　一杯清酒詠群英

春季古蹟踏查途中

汝登

安義 咸陽及 陝川紅流洞

春山雨歇百花明　疊石紅流圖畫成*
拜訪前賢遺蹟地　古家文獻發精英**

* 崔孤雲「伽倻山紅流洞」詩 有 '狂奔疊石吼重巒'之句
** 咸陽 一蠹古宅 有 '文獻世家' 等扁額

白塔詩社 第九十八回韻

二千十五年 七月 卅日 於實是學舍

懷鄉

碧史九十一歲翁

每向凝川憶舊遊　月亭今墅嶺南樓

如今獨臥京郊外　白首空歎歲月流

憶中國舊遊

萬里中州賦遠遊　江南江北好亭樓

武夷山水眞如畫　竹筏遄過九曲流

遊關東 二首

石農

去五月二十六日　我與同行文節公騎牛子先生崇慕事業會任
員五六人 訪平海越松亭 爲審亭上所揭先生詩板 及節齋金宗
瑞作白巖居士贊扁額 一宿於白巖溫泉賓館 翌日向蔚珍 時馳
車東海高速道路 北上途中　下車于屯山海邊 登望洋亭觀海
越松望洋兩亭之勝槪 所謂關東八景之二景也

平海越松亭

四仙過此作清遊* 十里蒼松海上樓
亭有名公先世贊** 騎牛往跡想風流***

* 四仙 新羅花郞 卽永郞述郞南石安詳等云
** 亭揭 節齋公金宗瑞作 吾先祖'白雲居士贊'
*** 白巖先祖謫居平海時 每月夜騎牛遊是處

箕城望洋亭

千里東溟作遠遊 關東第一望洋樓*
水天浩渺無終極 漾漾蒼波萬古流

* 亭有 肅宗大王賜額 '關東第一樓'

夏日卽事 七月 二十五日作 　　　　　　竹夫

林下騷人酬唱遊 農夫倦役臥茅樓
疾雷驟雨炎威霽 漢水滔滔不息流

中國紀行 石如

蘭亭

親朋盡日作清遊　雄勁右軍書滿樓
紹興醇香塵俗外　閑臨曲水酒杯流

沈園

沈氏故園今日遊　池塘碧水映朱樓
放翁哀史留詩壁　唐琬傷情萬古流

南遊麗水 絅人

秋風閑日作清遊　地盡南溟更上樓
船舶紛紛往來處　悠悠天際白雲流

登蓬萊閣 厚農

蓬萊閣上與朋遊　濃艷夕陽斜古樓
過海八仙何處在　蒼波萬里白雲流

波茨坦포츠담 江邊 散策 　　　　　　　西湖

　芳草綠林麋鹿遊　廢墟廖寂古宮樓
　元來興敗人間事　一曲淸江向遠流

奧地利 阿尔卑斯 山莊

　山邊牛馬草原遊　古洞鐘聲出寺樓
　我欲從禽遠飛去　雪峰天外白雲流

散策遊慕尼黑뮌헨 思田惠麟留學時節 　海巖

　勝地尋行終日遊　英庭水上有紅樓
　禽啼日暮花飛落　曲曲淸江無語流*

　* 田惠麟(1934~1965) 成均館大學校獨語獨文學科敎授 遺稿
　　隨筆集 '而無語(그리고 아무 말도 하지 않았다)'(1966)

白塔詩社 第九十九回韻
二千十五年 九月 三日 於實是學舍

憶西皋舊友　襄李　　　　　　　　　　　　碧史老生

　　少時豪氣欲凌空　幾載遨遊與子同
　　今日西皋亭寂寞　夢魂來往竹林中

白塔詩社席上贈諸友

　　華筵不許酒樽空　濟濟詩朋一座同
　　若吐眞情無假飾　美詞麗句在其中

七夕卽事　八月 二十日　　　　　　　　　　石農

　　庚炎已盡早秋空　銀漢作橋烏鵲同
　　牛女今宵佳會事　人間通曉在心中*

　　* 南北離散家族 定例的相逢 念願之意

處暑懷鄉　　八月 二十三日

　　暑退涼生萬里空　流雲南土我歸同
　　鄉家展簟淸風席　閑聽蛩吟曉夢中

憶七十載前光復解放　八月十五日作　　　　竹夫

光復喊聲長震空　我邦民眾喜歡同
南船北馬何時合　今日茫然懷夢中

遊夢　　　　　　　　　　　　　　　石如

富貴功名摠是空　人生四苦古今同
風塵八十至於此　身在飄搖遊夢中

登高望北　　　　　　　　　　　　絅人

近日於非武裝地帶 以地雷暴發事 經南北一觸卽發之危

天長地久四圍空　故國山河南北同
相煎斗箕何等事*　秋風獨詠夕陽中

*曹植七步詩 "箕在釜下燃 豆在釜中泣 '本自同根生 相煎何太急'"之
句

南北相互砲擊翌日 登北漢山 望休戰線

西湖

一鷲悠悠飛碧空　臨津流水古今同
炎天砲擊民心震　南北官人何想中

周遊獨逸東部

汝登

麥田無盡接長空　閑牧牛羊繪畫同

統獨豐饒誠可羨　吾邦尚在戰雲中[*]

[*] 韓國戰爭 尚未終結 戰雲常覆韓半島

白塔詩社 第百回韻

二千十五年 十月 廿九日 於實是學舍

思鄉　二絶　　　　　　　　　　　　碧史學人

落日下窗間　　林端宿鳥還
漢陽千里外　　獨坐憶鄉山

又

平生書榭筆床間　　歲月忽忽去不還
流落京郊今幾載　　夢中頻踏舊家山

悼亡弟月民　一週忌　二絶　　　　　　石農

昨年今夕別人間　　何處仙遊去不還
余獨孔懷哀未盡　　君歸寂寞臥鄉山

身後冥途隔世間　　幽明異路不能還
枕邊欲作壎篪夢　　却限虛無望故山

懷鄉

竹夫

吾家南國洛凝間[*]　終乃遲遲不得還
老易學難今始覺　遙望嶺外故鄉山

* 洛 洛東江　凝 凝川

思鄉

石如

小少出鄉遊世間　不成功業不能還
滄桑刮目非斯伐　依舊多情火旺山

巨文島旅行

丹楓絶景樹林間　遊客嗟歎不得還
島號巨文因橘隱[*]　攘夷氣魄染三山^{**}

强占古島二年間　海賊英軍盡退還
今也倭酋侵略設　時乎死守此江山

* 橘隱 金瀏(1814~1884) 巨文島(東島) 柚村人 師事 奇正鎭
開設樂英齋 教育多數弟子 1845年及 1854年 英露軍艦侵來
時 與此等異邦人 以筆談疏通意思 英軍撤收後 丁汝昌來此
島 命名巨文島 巨文者謂金瀏及其弟子稱巨儒文士之意 著
書海上奇聞
** 三山 巨文島原名 東島 西島 右島 三者摠稱三山島 現麗
水市三山面

月南寺址秋夜

西湖

　塔碑影沒暮雲間　　鏡布溪聲去復還*
　對酒閑談菊花下　　不知秋月落前山

　* 鏡布　溪名

奉閱『殘年收草』原稿

汝登

『殘年收草』碧史先生『李佑成著作集』以後 創作漢詩文 所
集書冊名也

　碧老平生經籍間　　吾東奎運再回還
　淵深學術如河海　　古健文章若泰山

白塔詩社 第百一回韻

二千十五年 十二月 廿四日 於實是學舍

冬夜二絕

碧史學人

長長冬夜太無情　四壁惟聞蟋蟀聲
欲搆詩章酬宿債　多慚拙作未完成

誰歟當局察民情　四境不無愁怨聲
黙誦康衢煙月句　太平治化幾時成

中國威海市觀光 三題 自十二月四日 二泊三日

石農

訪赤山法華院思張保皐*

求法沙門巡禮情　赤山院裏響經聲
異邦萬里羅坊置　大使千秋偉業成

＊ 法華院 在威海榮成市石島灣 北西海岸 赤山名勝區內 唐代
新羅清海鎭大使張保皐 投私財設置寺院後 羅唐倭三國求法
僧侶 爲修行道場 兼設新羅人居住之坊 久年盛治也 近來威
海市政府 其遺跡復元保全中

觀劉公島甲午清日海戰記念地有感*

當時敗戰勿忘情　雪辱中華躍進聲
爲鑑吾民傾念力　青丘統一豈難成

* 劉公島 威海市環翠區威海灣內島名 以甲午清日海戰紀念景
　勝地 島中有清日戰爭博物館 北洋艦隊提督署 丁汝昌寓所
　水師學堂等 遺蹟多數布置也 又見街巷處處 '勿忘國恥 躍
　進中華'之句 標語揭示 喚起愛國心也

訪成山頭望我鄉國*

山東彼岸望鄉情　浪裏如聽指號聲
海上日神迎拜處　韓中友好往來成

* 成山頭 威海市西霞區景勝區內海岸名所也 一名天盡頭 位
　于山東半島東端 海上日出最早處也 與韓隔海相望之地 海
　岸斷崖上 有秦始皇登臨迎日遺蹟 及漢武帝封禪遺趾

歲暮雅會

竹夫

親朋會合更多情　所作新詩無俗聲
歲暮華筵酬唱裏　嘉肴名酒雅遊成

嘆南北離散家族會談

歲華荏苒晚冬情　處處惟聞怨恨聲
離散悲哀何日解　要望南北往來成

南京懷古 絪人

六國舊都繫客情　秦淮河畔管絃聲
龍盤虎踞山川在[*]　豪傑雄圖豈不成

* 諸葛亮曰 '鍾山龍盤 石頭虎踞 此乃帝王之宅也' 云

智異山老姑壇 登路 厚農

深山雨雪若無情　谷裏寒泉滾滾聲
疾走朔風哀落木　春來花發綠陰成

歲暮北漢山散策 西湖

空山幽逕似無情　氷下水流吟詠聲
萬木裸枝寒可畏　碧松戴雪雅觀成

孟冬訪問獨居聘母

碧天紅柿助鄉情　日暮後庭寒竹聲
老母心身前月異　終宵女息睡難成

遊南海錦山 海巖

錦山溪谷晚秋情　步步惟聞落葉聲
會坐斜陽吟一曲　杏壇朋友饗筵成

肯尼亞케냐 回敎徒 汝登

近日　於非洲아프리카 肯尼亞 有一回敎徒武裝團體 攻擊大
巴버스之事　武裝團員 命乘客下車後 選別基督敎徒 而將欲
殺基督敎徒之時 餘他回敎徒乘客曰 "汝欲殺他們 當先殺吾
輩" 當是時 有自動車聲 武裝團員逃走 而乘客倖免矣

好生惡死是常情　異敎相殘殺伐聲
若效肯回仁義行*　人間未久協和成

* 行 去聲

白塔詩社 第百二回韻

二千十六年 二月 廿五日 於實是學舍

新正贈鄉友 碧史老人

九旬無恙一閒身　京外寒郊又見春

千里家山歸未得　新正慚對故鄉人

白塔詩會

平生遊食不勞身　筆架書床凡幾春

爲構新詩酬宿債　座中俱是有情人

送年有感　乙未除夕 石農

九旬將作老衰身　歲暮居然又近春

苟且殘生如落日　只求無恙善終人

丙申歲首寄兩孫

孫兒康植康年兄弟 先後就學于美洲大學 而負笈五年餘矣 有
不遠卒業后 歸國之報 吾甚欣而作

青雲立志外遊身　五載螢窓且一春
攻學將成非久返　佳哉慰撫及家人

春來有感

竹夫

半世居京已老身　野梅衝雪又傳春
民安國泰何時得　塗炭生靈怨政人

不逞人

石如

歲歲衰殘怯弱身　蕭條病室又逢春
少年霸氣消亡盡　慙愧吾爲不逞人

訪揚州崔致遠記念館

止山

弱歲他邦好發身　華文擅國度青春
還鄉未展凌雲志　此地猶尊異域人

元朝自述 丙申　　　　　　　　　　　網人

　　嘗思立志有能身　　奔走勞形七十春
　　惆愴光陰流水去　　餘年莫作逐名人

暮春吟　　　　　　　　　　　　　　　一誠

　　綠意紅情一老身　　千山萬樹鳥鳴春
　　光陰自古如馳隙　　風月伊今夢裏人

臥龍公園 散策　　　　　　　　　　　厚農

　　冬盡日光來到身　　臥龍山路欲觀春
　　谿冰未釋寒風屬　　老柳含情迎接人

玩賞攸川書　　　　　　　　　　　　西湖

成均館大招請 攸川書藝展 有退溪梅花詩 九十一首屏 其長
一百五十餘尺 題曰'梅花無盡藏'

　　大雪寒波可冷身　　攸川書展已迎春
　　長屏無盡梅開落　　疑是溪翁笑待人

南京 明孝陵

亡國陵園石像身　日光明照似和春
帝皇侍妾何山臥[*]　惟有臘梅迎客人

　* 殉葬侍妾 數十人云

李白墓

海巖

快飲一杯清淨身　詩仙之墓滿腔春
似看舉酌弄明月　逸世風騷凌古人

白塔詩社 第百三回韻

二千十六年 四月 廿八日 於實是學舍

夜

碧史老人

竹葉蘭花一室清　感今懷古不勝情

燈前咫尺還鄉夢　千里關山一路明

憶亡友

中宵孤臥夢魂清　老病偏懷故舊情

只恨山川南北阻　那知夙昔異幽明

四・一三總選有感 四月十七日　　　　石農

議政疏通似水清　黨爭混濁反民情*

無言百姓中流柱　選出良材順理明

* 今次總選 與野各黨 公薦波動混亂莫甚 而民心離反多矣 故
多數國民 以憂國之心 爲中流底柱 不拘黨利 而果敢選舉善
良之材　雖不免與小野大之政局 乃警責傲慢執權者也

憶亡弟而勘　四月二十一日

際其十周忌 遙望故山之幽宅 念昔同氣之情 不勝感懷

軟風綠柳雨餘清　遠望鄉山更有情
寂寞玄堂君不見　虛無十載恨幽明

清明節
　　　　　　　　　　　　　　竹夫

四月山河分外清　逍遙遊客總多情
鳥啼花發春光好　習習和風大地明

池陽契日　余因病不參　以借白塔詩社韻
漫吟鄉第春景　四月十七日
　　　　　　　　　　　　　　石如

夜雨朝暉物色清　春光如畫不勝情
蒼松翠竹鵲山下　我石軒頭懸板明

笑謔寒喧友誼清　鄉音淳朴益多情
人心變改如桑海　依舊溪山物色明

南行卽景

絅人

　雨霽春風氣自清　　南行千里故園情
　路過萬頃金堤市　　野色茫茫眼忽明

三更獨酌

陽原

四月十三日夜 見放送 二十代 國會議員 總選 改票狀況

　電影之中耳目清　　與誰酬酌說懷情
　快哉民衆勝勸力　　來日百花春景明

訪鄉家 慈母捐世後

西湖

　春日榮山江色清　　竹林冬柏亦多情
　戶前閑寂蓬萊盛　　無主家園花自明

禮蜂山中一杯

　微細塵濃天不清　　靑山幽谷好春情
　紅花滿發佳人笑　　濁酒盃中顏自明

遊山海關

茫茫渤海古今清　天下一關懷舊情*

不見燕行使臣儋　往來遊客服裝明

　　* 城樓有天下第一關扁額

登迦智山

　　　　　　　　　　　海巖

迦智微風景物清　花巖泉谷摠多情

中林啼鳥傳春信　朋友山行和氣明

白塔詩社 第百四回韻

二千十六年 六月 卅日 於實是學舍

長晝閒坐

碧史老人

窓外娟娟戲蝶飛　隣家商婦隔籬歸

新書讀罷閒無事　花落庭空轍跡稀

自歎

少年要學大鵬飛　白首今同衆鳥歸

無限光陰流去盡　人生得意古來稀

讀歸去來辭偶吟

石農

無心出岫白雲飛　倦鳥尋巢日暮歸

問我終生還去處　鄉山退臥夢依稀

＊ 辭中 有雲無心以出岫 鳥倦飛而知還之句

霽後早朝登高

　　昨夜乘風雨脚飛　　天明出壑片雲歸
　　林間緩步心寥廓　　晚境尋詩得句稀

端午日有感 二絕　　　　　　　　　　　　竹夫

　　蒼空一角片雲飛　　端午騷人酬唱歸
　　嶺外山河煙霧裏　　吾鄉南國夢依稀

　　白鳥雙雙汭上飛　　人人作伴故鄉歸
　　京華寓處長長歲　　千里家山來往稀

去五月二十日於耕和會前庭 堅愚石成在慶
雅號銅像 記念誕生百周年　　　　　　石如

　　磊落軒昂微笑飛　　青銅貌像再生歸
　　營爲竭力耕和會*　如此義人今世稀

　* 耕和會 成在慶所設農民運動團體

題封神演義

絧人

封神演義 魯迅所稱明代神魔小說者也 雖云演義武王伐紂史
其實侈談奇怪 荒誕無比 然其奇奇怪怪亦小說之一道也 予作
七言一節 題其書

爭鬪魔神天上飛　難分勝敗正當歸
虛談十九荒唐事　自作奇文今古稀

散策有感

西湖

近來 五十代男　失職而爲家族所棄者多

暮春斜日落花飛　山鳥喳喳作伴歸
失位家君何處宿　宵宵妻子夢依稀

大慈洞 孟夏

日夕隋風花片飛　翩翩舞蝶不思歸
一杯濁酒瓜肴美　何事友朋來往稀

遊東江

海巖

青山處處洛花飛　老樹寒巢白鳥歸
醉臥片舟君莫笑　東江孟夏見人稀

白塔詩社 第百五回韻

二千十六年 八月 廿五日 於實是學舍

有感

碧史老生

　　庭樹寒蟬鳴不休　居然節氣屬新秋

　　南船北馬終難合　世事空忽無限愁

喜白塔諸友會合

　　歲月忽忽逝不休　郊居牢落幾春秋

　　相從賴有諸君子　隔月詩樽一破愁

末伏卽事

石農

　　月餘酷暑幾時休　節序無違返立秋

　　末伏蟬聲涼意報　衰身自慰可消愁

又吟處暑

　　處暑生涼赤帝休　循環四季已新秋

　　西風日落蛩音亂　時變傷情不耐愁

夏日即事

竹夫

漢水滔滔逝不休　農夫疲役待來秋
山河遠近炎威裏　驟雨雷聲一解愁

苦熱不成眠

止山

已經處暑暑無休　炎帝猛威應阻秋
輾轉連宵仍失睡　何時脫得不眠愁

述懷 集句

絅人

流水無情去不休*　光陰滾滾換新秋**
獨行不須離群立***　世路難分我且愁****

* 詩海韻珠
** 姜秋琴
*** 張旅軒
**** 詩海韻珠

孤雲寺*

陽原

羅末孤雲別墅休　千年古刹又生秋
素縑問答唯松枏　那客思量致遠愁

* 三國史記 崔致遠傳 剛州氷山云云 今謂之 義城孤雲寺 松
枏多産地也

研究室避暑

厚農

今年暴暑不如休　豫想涼風黃菊秋
少室無喧依冷氣　古書心讀送閑愁

登無等山

西湖

晝夜炎天無所休　登臨瑞石似涼秋*
茫茫雲外家山出　望拜先親消客愁

* 瑞石臺 近在 無等山頂

北漢山避暑

炎天步步汗無休　林徑聞蟬知立秋
松下巖磐談笑坐　一杯濁酒送閒愁

熱帶夜有感

海巖

炎天連日在家休　處暑薰風失早秋
美酒一壺登雪嶽　清川濯足避塵愁

白塔詩社 第百六回韻

二千十六年 十二月 廿九日 於實是學舍
本來十月 而石如捐世 二月延期

無題*　　　　　　　　　　　　　　碧史

萬國平和物論多　幾多法案喜通過
邈然想像唐虞世　何處重聞擊壤歌

末世親交已足多　良辰携手好相過
唐青宋調終難傚　抱膝聊爲一曲歌

*先生不遺題

秋日歸鄉車中　　　　　　　　　　石農

望鄉長路宿懷多　秋景車窗取次過
斜倚微吟難得句　故園讚美未成歌

訪故里有感

桑梓如前雅趣多　里人逢我不知過
離鄉六十年衰老　異客歸來無好歌

晚秋有感

竹夫

夏去秋來收穀多　驚寒雁陣碧空過
之南之北何時合　吾等齊謳擊壤歌

漁父四時詞 夏篇 第六章

絧人

漁父歌麗末以來士大夫之詠歌者流　聲巖退溪兩先生相繼而
好之 歎償不已 孤山尹公衍其意 改作新編 四時各一篇 篇十
章 總四十章 名曰漁父四時詞 我國士大夫文學世界之性格具
現者也 余愛此詞 時或吟詠 今兹其中擇一章 用白塔社韻以
飜之

黃昏日夕逸興多　掛帆凉風鼓舳過
至匊念於于思臥　月明高唱水調歌

긴날이 져므난줄 興의 미처 모라도다
돈디여라 돈디여라 뱃대를 두드리고
水調歌를 불러보자 至匊念 至匊念 於思臥
欵乃聲中萬古心을 그 뉘 알고?

湖南秋遊 有感

西湖

白南基 農民 上京示威中 被水大砲打中而跌 死亡於病院 以
死因論難 不能行葬禮

黃金平野雁聲多　一陣清風雲影過
出去農夫歸路塞　何時此地太平歌

輓石如先生

對樽談笑愛情多　不義逢遭無所過
壟斷國綱民擧燭*　後生含淚慕思歌

* 石如 逝去後 光化門廣場 燭火示威 熾盛

白塔詩社 第百七回韻

二千十六年 十二月 廿九日 於實是學舍

哭石如成大慶教授 於蘭社　　　　　　　　　碧史

　疇昔恒憂會面難　幾回相送夕陽殘
　居然厭世何其速　一哭天涯淚未乾

懷石如 於白塔

　今日相思獨擧盃　泉臺冥漠不重來
　春花秋月依然是　忍把詩章謾寫哀

輓石如兄成大慶教授 三首　　　　　　　石農

　吟詩白塔共傾杯　忽去仙鄉不復來
　晚歲知音何處覓　難堪寂寞獨悲哀

　木曜高陽樂擧杯＊　碧翁問學幾年來
　如今座上君無見　始覺虛無痛切哀

　＊ 故人外親友七八人 每隔週木曜日 訪高陽實是學舍 問學于
　　碧史先生 至今廿年經過矣

恩師永訣獻終杯　高足滿門追頌來
親日糾明功業燦　萬人推重不禁哀

＊ 故人以親日反民族行爲眞相糾明委員會長 收有終之美

地上損弟 李雲成 痛哭輓

哭石如成大慶教授　二絶　　　　　　　　竹夫

石如靈位薦淸杯　呼哭無情不復來
今夜思君心自慟　輓歌一曲莫消哀

杏詩白塔唱酬杯＊　半百友情持續來
親日反民君德業＊＊　泮宮後進慕師哀＊＊＊

＊ 杏詩 杏詩壇 白塔 白塔詩社
＊＊ 親日反民 指稱親日反民族行爲眞相糾明作業
＊＊＊ 泮宮後進 謂成均大學史學科後進

白塔詩社弔石如　　　　　　　　　　　止山

詩筵舊友共銜杯　何故先生獨不來
想在天庭觀亂世　憂心惻惻苦吟哀

石如先生 逝去日弔問 回憶牧民心書譯
註事*

綑人

惆愴一杯又一杯　竹夫黎史後先來

憶昔牧書論講日　醉中說話意相哀

* 譯註牧民心書 自1975年至1985年茶山研究會共同 作業成果
者也 碧史李佑成先生爲講長 竹夫李箎衡敎授 黎史姜萬吉
敎授 與石如先生等十六人爲其成員 余亦參其會

成北館送年會

厚農

夕照窓前數擧杯　柿紅枯木鳥飛來

冒寒殘菊無心笑　歲暮情談拂俗哀

送年會

西湖

雅會吟詩勸酒盃　石翁一去不知來

欲聞安否望窓外　歲暮寒天孤雁哀

悼石如先生

海巖

仙去石翁獻一盃　風流雅趣自明來

諸賢咸集嗟空席　冬至寒風起痛哀

白塔詩社 第百八回韻

二千十七年 七月 七日 於宣川飯店

哭輓碧史先生 三絕 　　　　　　　　　　　　　　石農

　　先生患候不回春　駕鶴仙歸脫世塵
　　函席寂寥無咳唾　雲鄉泣望及門人

　　究明實是幾經春　國學清論淨學塵
　　萬卷遺芬貽後進　高山仰止慕賢人

　　故園寶樹似常春　傳世青氈遠俗塵
　　地上後昆餘慶在　南天下瞰愛家人

　　六月 三十日 以族弟及門下 李雲成 慟哭再拜

輓碧史先生 五月 十五日作 　　　　　　　　　　　竹夫

　　杏白結成今幾春*　諸賢唱酬脫紅塵
　　先生長逝心悲痛　一曲輓歌傷路人

　　* 杏白 杏詩壇 白塔詩社

又

茶研友誼芷蘭香* 實是相交卅載光**
今日先生何處在 吾人同志哭聲長

* 茶研 茶山研究會
** 實是 實事求是

謹弔碧史李先生

止山

先生玉貌似陽春 學德彌高出俗塵*
棄我乘雲今忽去 空留地上哀泣人

* 『論語』有句 '顏淵喟然歎曰 仰之彌高 鑽之彌堅 瞻之在前
忽焉在後'

靈車歸鄉

絅人

千里南行故國春 退村古巷絶風塵*
西皐松竹與群雀 正似哀鳴哭主人

* 退村 密陽府北面退老里 碧史先生故宅所在地 其西皐 有一
精舍 先生少年時讀書處也

輓碧史先生 西湖

隨運柩車 到密陽退老里 雙梅堂故家及西皐精舍 一巡後 致
奠之時

退老雙梅已落春　西皐依舊隔紅塵
隨從後學皆垂淚　眾鳥啼啼悼主人

於密陽甘勿里堂嶝先塋下葬地 臨穴之時

酒筵談笑若陽春　簡潔文章不染塵
一覽粗詩成可詠　余今永別學誰人

悼碧史先生 海巖

晚發杏花雨後春　先生歸去越紅塵
諸賢哭泣追尊裏　獻酒懷思後學人

雙梅堂* 汝登

先生絕愛一枝春**　庭畔古梅不染塵
後學連蹤尋此處***　其中或有瓣香人****

* 慶南密陽 碧史先生故宅內 有雙梅堂 先生嘗寄居於此堂云
** '一枝春'出於後魏陸凱 江南無所有 聊贈一枝春"之一絕
　　碧老愛吟此句'一枝春'卽梅花也

*** 實是學舍 諸同人 前月某日 訪雙梅堂
**** 朴齊家「寄翁侍郎」中 有'蘇齋門下瓣香人'之句 '傳
　　授道法'之意味

見光化門廣場燭火示威有感 一月卄三日作

石農

人波恰似逆流江　秉燭民心劾亂邦
將出偉材除百弊　一新槿域作無雙

丁酉舊正春望吟　一月卅日作

東風暖日解氷江　西海春生及我邦
新歲雞鳴佳氣動　田園到處蝶飛雙

嘆國政壟斷　一月卄日作

竹夫

春信傳來山與江　縱然亂政殆危邦
民生安定何時得　況且大韓分作雙

白塔詩社 第百九回韻

二千十七年 九月 十九日 於鐘路實是學舍

秋日老蒼偶吟 二首   石農

衰老光陰不可輕　　忽如過隙一年傾
吾齡九十將臨迫　　惟有殘生悔恨情

霽後風生冷氣輕　　秋分漸短日西傾
愁看薄暮歸巢鳥　　只恐長宵不昧情

暇日偶吟   竹夫

雨後長天雲霧輕　　青潭公寓日西傾
寒齋獨酌一杯酒　　亡友却懷悲我情

漢江

八月秋風凉且輕　　長堤遊客酒杯傾
漢江滾滾流聲好　　眺望落霞常有情

遊莫斯科모스크바　　　　　　　　　　　　　西湖

　寺院黃金尖塔輕　列寧銅像夕陽傾*
　人人不見悤悤去　必是淸江知故情

　　*列寧 레린

作品 作家別 索引

李簏衡 / 竹夫

成大慶 / 石如

五月十九日 與全明赫等諸友 訪忘憂里共同墓地

　　高麗共産同盟責任秘書金思國與其妻朴元熙之墓在於此 而年前

宋載卲/ 止山

金東煜 / 海巖

李相敦 / 厚卿

白塔唱酬集 續

印刷 2017年 12月 2日
發行 2017年 12月 10日

編著者 • 白塔詩社
發行人 • 韓 鳳 淑
發行處 • 푸른사상사

등록 제2-2876호
경기도 파주시 회동길 337-16 푸른사상사 B/D 2층
대표전화 031) 955-9111(2) 팩시밀리 031) 955-9114
메일 prun21c@hanmail.net / prunsasang@naver.com
홈페이지 www.prun21c.com

ⓒ 白塔詩社, 2017
ISBN 979-11-308-1242-7 93810

값 22,000원